中國歷史人物故事系列

皇上有令

30位帝王點點名

管家琪/文・顏銘儀/圖

人是最迷人的

◎管家琪

有人說，「歷史（History）」這個字，若拆開來看其實就是把「他的（His）」和「故事（story）」兩個單詞做一個組合。所以，什麼是歷史？歷史就是「他的故事」。不過，歷史實際上除了包括男性（他的，His）故事之外，當然也包括女性（她的，Hers）故事，總之，歷史就是「人的故事」。

人，永遠是最迷人的。

幾年前我曾經替幼獅文化公司寫過一套（三本）書，叫做《你一定要知道的100個歷史故事》，是從中華文化上下五千年中挑選100個歷史故事來講述，著重的是事件，這回「中國歷史人物故事」則著重人物，分為《皇上有令—30位帝王點點名》、《萬人之上—30位名相排排坐》和《風雲人物—100位名人召集令 1、2、3》（三本），一共五本。在這套書裡頭，距離我們最遠的是夏朝的伊尹，距今三千多年（西元前1649—1549年），最近的是民國初年教育家蔡元培（西元1868—1940年）和末代皇帝溥儀（西元1906—1967年）。除了伊尹和周公，其他所有挑選出來的人物都是從春秋戰國時代一直到近代。讓我們從閱讀這些歷史人物的故事來了解歷史。

《風雲人物》將介紹一百位名人，包括名臣武將、學問家、發明家、開拓者、文學家、藝術大師、神童和奇女子等等。《皇上有令》和《萬人之上》則介紹三十位帝王及三十位名相，這兩本所講述的帝王和名相都是按朝代排列，請大家按照順序從頭讀下來，這樣對於中國歷史、對於朝代才會有一個比較清楚的時間概念。讀歷史，是一定要注意時間的，或者說要有敏銳的時間感。

至於為什麼這套書的前面兩本要先介紹帝王和名相，這是因為政治實在是一切的基礎啊，其實自古以來大多數老百姓恐怕都不是什麼政治狂熱分子，然而就算是對政治冷感，政治就是會在方方面面影響我們的生活、甚至決定我們的生活，而在封建制度下最重要的政治人物當然首推帝王，其次是名相。

在《皇上有令》這一本裡頭所講述的這三十位帝王，從中國歷史上第一位皇帝秦始皇到最後一個皇帝清宣統帝溥儀，前後兩千多年間每一個朝代的帝王都有，而且幾乎囊括了每一朝的開國皇帝，因為在封建制度下改朝換代畢竟是不得了的大事，這些開國皇帝多半都是能人，譬如秦始皇、趙匡胤、朱元璋等，不過，除了開國皇帝，你也會看到亡國之君，譬如南唐後主李煜、隋煬帝楊廣以及清朝最後一個皇帝溥儀，當然還有很多是中國歷史上著名的明君如唐太宗、元世祖忽必烈、明成祖朱棣、清聖祖玄燁等等，同時，還有幾位是處於歷史關鍵時刻的君王，譬如南宋高宗趙構、清高宗乾隆皇帝、清德宗光緒皇帝等等。

現在，就讓我們從秦始皇開始吧。

目錄

千秋基業

秦始皇

（西元前259—前210年）

從遠古時期一直到春秋戰國，君王都還是「王」。中華文化上下五千年，「皇帝」這個詞距今是兩千多年的歷史，創造出這個詞的人是當時的秦王嬴政，因為「皇帝」這個詞是從他開始的，他是第一個皇帝，因此叫做「始皇帝」，後來就一直被稱為「秦始皇」。

秦始皇不僅為自己的身分創造出新的詞彙，還把所有關乎國家全局的重大命令稱作「制」，把局部性的命令稱作「詔」。以規格來說，「制」顯然要高過「詔」。在跟大臣說話的時候，秦始皇自稱「朕」，這個說法也被後來各個朝代的皇帝所沿用。

以上種種創新的做法，所反應出來的現象就是皇帝具有至高無上的絕對權威，國家大事全部由皇帝一個人說了算。影響了中國人兩千多年的封建制度就是從這個時候開始的。

歷史上評價秦始皇，一般都認為是「功大過亦大」，意思就是說秦始皇的成就和過失都非常的突出和顯著。

在成就方面，最重要的當然就是秦始皇在西元前221年建立了中國歷史上第一個統一的中央集權封建國家。儘管秦王朝的版圖僅限於中原地區，遠小於後來的唐、元、明、清等王朝，但是在意義上是無與倫比的。

在秦朝之前的春秋戰國時期持續了將近五百年，主導春秋歷史的是「春秋五霸」，主導戰國歷史的是「戰國七雄」，所謂「七雄」就是指七個國家，秦國是其中之一，然後秦王嬴政前後花了十年的時間，陸續兼併了其他六國完成統一。不過，值得注意的是，「向東發展、征服六國」並不是秦始皇一個人的主意，而是他的祖輩長久以來一個堅定的目標，最早從秦孝公重用商鞅、變法圖強就開始了，經過一百多年、好幾任秦王持續的努力，最終在雄才大略的秦始皇手上完成。

秦始皇的身世頗有幾分傳奇色彩，民間一直廣泛流傳說他是呂不韋的私生子，事實真相如何我們後人自然是不得而知，但可以確定的是，他的童年確實不同尋常。

戰國時期，各國在進行外交結盟時都會把某一個皇子送到對方的國家去待著，以表誠意，形同人質。嬴政的父親異人（也就是後來的莊襄王），就是在年輕時就被當作是人質抵押在趙國的首都邯鄲。

西元前259年，嬴政在邯鄲出生。就因為他是在趙國出生，所以也有的史書會稱他「趙政」。當時秦趙兩國正在作戰，異人和妻兒的處境可想而知有多麼的危險，後來異人在呂不韋的幫助下先行逃離了邯鄲，回到了秦國，而被留在邯鄲的嬴政和母親只能先躲起來，一躲就是三年，後來好不容易才悄悄逃回秦國。

就是因為在年幼時和母親曾經共患難，嬴政對母親的感情很深，以至於日後當他目睹母親與假宦官嫪毐的淫亂，令他非常失望，而母親居然會跟嫪毐聯手想要對自己不利，如此無情更令嬴政自感遭到極大的背叛，一度憤怒的把母親逐出了首都咸陽。

嬴政即位的時候年僅十三歲，其實這個時候秦國無論是在經濟、軍事或是地理位置上，都已具備了統一六國的條件，然而由於當時的政務均由母親趙太后和相國呂不韋來處理，嬴政還無法來思考統一大業。

呂不韋是一個極度權謀的人，當初異人之所以能夠坐上王位，幾乎可以說全是出於他的運作，否則一個落難公子哪有什麼繼承王位的機會。在莊襄王死後，呂不韋又用嫪毐來控制趙太后。嫪毐與趙太后生了兩個私生子之後益發有恃無恐，追隨者眾，逐漸發展成一個政治毒瘤。少年嬴政對這一切都看在眼裡，雖然非常不滿，但是他知道自己羽翼未豐，還不宜輕舉妄動，只能沉住氣等著，一直等到年滿二十二歲正式親政之後才採取行動。他花了一年多的時間陸續消滅了以嫪毐為首的后黨集團和呂不韋集團。

說來嬴政也滿狠的，不僅殘忍處死了嫪毐，誅滅三族，對兩個同母異父的弟弟也沒放過。

在澈底除掉兩大內患之後，嬴政終於可以開始集中精神在統一大業上了。他把軍政大權集於一身，一方面任用李斯、尉繚、王翦等人推動統一戰爭，另一方面也採納尉繚的建議，先用重金拆散六國的聯合，這樣才便於各個擊破。

從西元前230年到前221年，嬴政陸續兼併了齊、楚、燕、韓、趙、魏等六國，建立了中國歷史上第一個統一的中央集權封建國家，這就是秦王朝。此時嬴政三十九歲。

西元前227年，燕國在被消滅之前，太子丹還找來一名叫做荊軻的勇士，策畫了一次著名的刺殺行動。荊軻在出發前曾經臨水作歌，「風蕭蕭兮易水寒，壯士一去兮不復還」，意思就是說今天這一去，就沒打算還能活著回來。稍後，荊軻面見嬴政，代表燕國假意示好，先獻上流亡在燕國的秦國叛將樊於期的腦袋，再獻上燕國督亢的地圖。地圖是一幅捲軸，荊軻站在嬴政身邊，態度恭敬的為嬴政慢慢展開，嬴政饒有興味地看著，萬萬沒有想到當地圖全部展開的那一刻，卻赫然看見藏在裡頭的一把匕首！

不過，嬴政這時畢竟還年輕，反應很快，馬上就驚得跳了起來！荊軻雖然連忙抓起匕首就向嬴政的胸口刺了過去，但是被嬴政閃躲開了，緊接著，荊軻和嬴政就在大殿之上追逐，後來，嬴政砍斷了荊軻的左腿，荊軻隨即被趕上大殿的武士所殺。

成語「圖窮匕見」就是脫胎自這個故事，出自《戰國策》，「窮」是

「盡」的意思，在地圖捲軸的盡頭看見了匕首，比喻在事情發展到最後時，真相或是本意就顯露了出來。

統一天下以後，成了秦始皇的嬴政以秦國制度為藍本，在政治、經濟、文化等各個領域都展開一系列大刀闊斧的整頓和改革。

比方說，他把全國分為三十六郡，郡下再設縣，所有地方官都由中央任免，結束了過去諸侯分封政治的局面，在一定程度上給整個社會帶來一個安定的環境。

秦始皇的格局很大，做了很多影響深遠的重大舉措，譬如確立土地私有，統一法律、文字、貨幣和度量衡；修築通向全國的交通大道，稱為「馳道」（中國歷史上最早的「國道」）；從京師西北修建一條通往邊地的「直道」（相當於今天高速公路的概念）；在西南築五尺道連接今天的四川、雲南、貴州，加強對地方的控制；再加上築長城、建宮室、修皇陵，以及防禦匈奴、南戍五嶺、撫定百越，連年用兵等等，以至於經常役使的民力總在兩百萬左右，是當時全國總人口的百分之十！老百姓都苦不堪言，民間故事《孟姜女哭倒長城》對此有充分反應。再加上鉗制思想、焚書坑儒等暴政，無怪乎後來在秦始皇去世當年（秦始皇享年五十歲），各地很快就爆發很多大規模反秦起義事件，結果秦始皇本來信心滿滿將能傳之無窮的秦王朝，僅僅十五年就滅亡了。

但是，秦始皇所創立的制度，卻在中國持續推行，長達兩千一百年之久。

布衣天子

漢高祖劉邦

（西元前256—前195年）

中國歷史上記載的第一個世襲制朝代是夏朝（約西元前2070—前1600年）。

在夏、商、周三代，從中央王朝的天子、大臣乃至地方諸侯，兩千年來都是採取世襲制度。直到戰國時期（西元前5世紀—西元前221年），由於各國都在極力爭取人才，平民百姓開始也有了一些出人頭地的機會，但是當時社會的主流價值觀仍然是信奉血統論，因此秦末當各地掀起抗秦浪潮時，第一個揭竿而起的陳勝，即使霸氣的喊出「王侯將相寧有種乎」（意思就是說，那些王侯將相難道天生就比我們高貴嗎），卻仍然要打著秦太子扶蘇和楚國名將項燕的名字來號召天下，項梁亦同樣是用楚懷王的名義來拉攏人心。

因此，劉邦從一個極其普通的老百姓居然能夠當上皇帝，建立漢朝，這簡直是一個不可想像的奇蹟，對中國歷史所產生的影響可以說是獨一無二的。歷史上都稱劉邦是中國歷史上第一個「布衣天子」。所謂「布衣」，就是指平民，因為老百姓最普通的衣服就是廉價的布衣。

劉邦當上皇帝以後，他的子孫從此也變成「貴種」了，接下去整個歷史的發展仍然是遵從世襲制，要到一千多年以後才出現第二個平民皇帝朱元璋，建立了明朝。

說起來劉邦能夠當上皇帝，真的頗有幾分「時勢造英雄」的味道，意思就是說當時局愈是動蕩不安的時候，愈能提供英雄豪傑實現抱負的機會。

在秦末一片抗秦狂潮中，第一個敢於反抗秦朝的是陳勝，這也是中國歷史上第一次農民大起義，儘管後來陳勝稱王只有半年就失敗了，可是他所展現的那種大無畏的氣概真是「驚天地、泣鬼神」，這也是偉大的史學家司馬遷會在《史記》中為陳勝作傳的原因。

在所有反秦人馬中，劉邦既不是第一個造反的人，甚至就連造反這個行為也很勉強，完全是出於無奈，只因他負責押解的犯人還沒到目的地就在半路上逃走了一大半，他想著自己難以交差，乾脆做個順水人情，就把剩下的犯人給放了，說自己也要跑了，可是這些人不肯走，都說要跟著劉邦，劉邦只好帶著他們一起逃亡，就這樣稀里糊塗的也反了。這一年劉邦已經四十七歲。

在眾多抗秦隊伍中，劉邦原本並沒有什麼優勢，他出身農家，泗水郡沛縣人（今天的江蘇豐縣），原本連個像樣的名字都沒有，只不過因為排行第三，所以本名就叫做劉季（「季」就是第三的意思），起義前只是一個小小的亭長，而且年紀又大，人員也不多，在他加入起義軍主力的時候，追隨他的人只有兩三千人，無論從哪一個角度來看，劉邦都遠遠無法和出身楚國貴族、年輕威猛的蓋世英雄項羽相提並論（西元前209年項羽才二十三歲），可就是這樣一個一開始平凡無奇的劉邦，後來竟然能跟項羽纏鬥了四年，並且最終取得了勝利，當上了皇帝。也就是說，秦朝在西元前206年十月就亡了，可是接下來楚漢相爭又花了四年，到了西元前202年年底，項羽在垓下自刎之後，劉邦才建立了漢朝。

象棋棋盤上的「楚河漢界」四個字，就是來自於楚漢相爭這段歷史。

一開始，項羽應該說是擁有絕對優勢，楚漢雙方的實力完全不是同一個級別，轉折點是鴻門宴，那天項羽原本可以輕而易舉的殺掉劉邦，項羽的謀士范增就一再要求項羽這麼做，可是項羽不聽，竟然放走了劉邦，這不啻就是「放虎歸山」，而從那之後，情勢就逐漸發生了根本性的變化。

項羽家族世世代代為楚將，在他十歲那年，楚國被秦國所滅，而在秦末起義之初，他的叔父項梁又被秦將章邯所殺，國仇家恨使得血氣方剛的項羽表現得非常殘暴，總是不必要的屠城，引起很多人的不滿。最初大家就是因為要反抗秦朝的暴虐才造反，沒想到起義軍竟然以暴制暴，所到之處經常濫殺無辜的老百姓，這種不當的做法自然大失人心。

在秦朝滅亡以前，面對強敵秦軍，大家對於項羽還不得不容忍，因為他畢竟是一名不可多得的猛將，想要打敗秦軍還得靠他，可是等到秦朝滅亡以後，很多早就對項羽恨之入骨的人，就愈來愈不願意與項羽為伍了。

而與項羽的殘暴形成鮮明對比的就是劉邦所表現出來的寬大仁厚。尤其是在劉邦先行入關之後立刻廢除秦朝一切苛法，僅與百姓「約法三章」，「殺人者死，傷人及盜竊抵罪」，百姓無不歡天喜地，生怕劉邦不做關中王。

也許你會覺得奇怪，項羽這個時候在做什麼呢？答案是項羽此刻正忙著呢！原來，在與秦軍作戰如火如荼之際，起義軍經過商議，一致公推由項羽帶兵北上救趙，而滅秦心切的項羽也非常乾脆的一口答應，然後果真在接下來的鉅鹿之戰中大敗秦軍。成語「破釜沉舟」的背景就是鉅鹿之戰，這是歷史上著名的以少勝多的戰役，也是決定秦朝滅亡的關鍵性一戰。

後來，劉邦分析自己之所以能在楚漢相爭中取得最後勝利的原因，曾經說：「在軍營中定下作戰計畫，就可以取得千里之外的勝利，論這方面的能力，我比不上張良；鎮守後方，安撫百姓，供應糧餉，保障後勤工作，使運輸從不斷絕，論這方面的能力我比不上蕭何；統帥百萬大軍，決戰必定勝利，攻城必定取得，論這方面的能力我又比不上韓信，這三個都是超凡的英雄豪傑，可是他們都能為我效命，這就是我能取得天下的原因。而項羽只有一個謀臣范增，他都還不能夠好好任用，這就注定了他一定會失敗。」

這番剖析可說非常中肯。「知人善任」確實是劉邦最大的優點，包括在加入起義軍陣營之初，他馬上就看出來年輕的項羽是一個了不得的人物，因此，儘管他比項羽年長二十多歲，卻馬上自動降了一個輩分，而去跟項羽稱兄道弟。

也就是因為劉邦這麼會拉關係，後來在驚險萬狀的鴻門宴上才得以全身而退；因為即使「項莊舞劍，意在沛公」（劉邦起兵於沛，所以大家稱他為「沛公」，「公」是楚人對「令」、也就是「縣令」的尊稱），項莊藉著舞劍，手中的利劍好幾次都快刺到劉邦的

身上了，多虧項伯假裝不知道要刺殺劉邦的計畫，趕緊站起來興致勃勃的說要一起舞劍，然後暗中保護劉邦，一再擋掉了來自項莊的攻擊。

項伯是項家人，為什麼要這樣幫著劉邦呢？這是因為劉邦的謀士張良曾經對項伯有過救命之恩，在鴻門宴前夕，項伯知道劉邦大難臨頭，不忍心看到張良跟著一起死，便偷偷跑去找張良，想要帶他走，忠心的張良獲悉這條寶貴的情報，立刻去向劉邦報告，而劉邦的應對之道就是火速跟項伯認下兒女親家！第二天，這個親家項伯果然就竭盡全力的保護劉邦。

反觀項羽，不僅暴躁易怒，還嚴重缺乏識人之明，甚至受了挑撥還不知道，後來居然還懷疑忠心耿耿的老臣范增私通敵營，令范增心灰意冷，乾脆告老還鄉。范增在臨行前對項羽說：「天下大事已基本底定，大王你好自為之吧！」項羽也沒說什麼話加以挽留，就這麼讓范增走了。范增走了沒多久，還沒有走到彭城，就背上生瘡，氣憤而死。

楚漢相爭之初，項羽的楚軍多達四十萬，劉邦的漢軍只有十萬，實力懸殊，然而後來劉邦還是靠著群策群力取得最後勝利，成為歷史上第一個布衣皇帝。劉邦繼秦始皇之後，再次統一了中國，建立漢朝，在政治上大體繼承了秦朝的制度，又能革除弊政，做到了輕徭薄賦，與民休息，稱得上是一位明君。

少年天子

漢武帝劉徹

（西元前156—前87年）

能夠深刻自我檢討，認識到自己的錯誤，並且還能向全國人民認錯然後及時修正的皇帝實在罕見，西漢漢武帝在晚年就因為能夠這樣做，才使得西漢王朝又多延續了將近一百年，否則漢朝很可能就亡在他的手裡了。

漢武帝劉徹，享年六十九歲，在位五十四年，以在位時間之久來看，是歷代皇帝中數一數二的，可他其實並不是嫡長子，原本的皇位繼承人是他的長兄，後來是經過一連串的宮廷鬥爭，才在六歲那年取代了長兄被立為太子，確定了日後將由他來做皇帝。

劉徹之所以能被立為太子，主要是姑媽劉嫖幫了大忙。姑媽最初是想把女兒阿嬌嫁給太子劉榮，以後好當皇后，可是太子的母親栗妃很討厭劉嫖，拒絕聯姻，劉嫖遂把目光轉向當時四歲的劉徹。有一回，劉嫖問劉徹，我把阿嬌嫁給你好不好呀，小小年紀的劉徹馬上回答，當然好呀，如果能夠娶阿嬌為妻，我一定要造一棟金屋子給她住。這就是「金屋藏嬌」的典故，最初的本意和我們現在的理解是不一樣的。

這番童言童語大獲姑媽的歡心，於是姑媽開始定準目標，使勁運作，花了兩三年的工夫，終於讓這個聰明伶俐的侄子被立為太子。而在劉徹被立為太子之後，父親漢景帝便開始對他精心培育，而劉徹也很努力，並且涉獵極廣，舉凡儒學經典、文學、騎射等，他都有很大的興趣，也都願意下苦功，這無疑為他日後執政打下堅實的基礎。漢武帝是中國歷史上少數幾個稱得上是雄才大略的皇帝，文治武功都非常可觀，不僅使西漢王朝達到空前的繁榮，對整個中國歷史也影響深遠。

西元前141年，十六歲的劉徹即位，翌年始建年號「建元」。少年天子漢武帝立刻就想著手改革，他所做的第一件大事，就是想為往後施政找準一個大方向。漢武帝為此召集天下文士，親自出題考試。

大儒董仲舒（西元前179—前117年），應詔先後三次對策，獻上著名的《天人三策》，深獲漢武帝的認同；從西漢初年以來朝廷一直提倡主張清靜無為的道家思想，確實能夠讓百姓修養生息，帶來了文景之治，可畢竟已經實行了六、七十年，漢武帝認為勢必需要調整，遂採納董仲舒的建議，只錄用優秀的儒家學者，其他全國各地舉薦來的非儒學的諸子百家一概排斥，這麼一來，也就等於今後只有學習儒家學術才會有做官的機會。

接下來，漢武帝也馬上拔擢了一批好儒學的人，以此來褒揚儒學，貶斥道家等諸子學說。

不過，漢武帝的改革很快就遇到了阻力，因為竇太后是堅定支持道家黃老學說的，而年輕的漢武帝又還沒有親政，眼看竇太后找了很多藉口把鼓吹儒學的人一一送進監獄，漢武帝只好暫停，耐心地又等了五年，直到建元六年（西元前135年），竇太后去世，二十二歲的漢武帝親政以後，才立刻重新重用儒生，把官府裡非儒家的博士一律免職（「博士」是一種官職），排斥黃老等百家學術於官學之外，這就是著名的「罷黜百家，獨尊儒術」。從此，儒家被確立為官學，開創了兩千多年以來儒家學說獨盛的局面，儒家學說從此成為中國封建社會的主流思想，這是漢武帝對後世最重要的影響。而向漢武帝提出獨尊儒術建議的董仲舒，也因此在中國思想史和文化史上都占有非常重要的地位。

除了獨尊儒術，漢武帝還大興水利，加固黃河堤，大造人工渠，移民西北屯田，推進農業發展，又定音律，置樂府，採集民間詩歌，在全國範圍之內推廣文化教育事業，以及完善國家制度等等，這些都是「文治」方面的成就。

而漢武帝的「武功」更是驚人。元光二年（西元前133年，這年漢武帝二十三歲），設謀馬邑，拉開了漢朝反擊匈奴擾邊的決戰序幕，接下來一連三大戰役的勝利，漢取河南地，又把匈奴趕出河西走廊，開創了嶄新的「漢勝匈奴」的新格局，緊接著漢武帝又伐大宛，斷匈奴右臂，使漢朝的勢力達到西域蔥嶺之巔。

漢武帝所發動的這場漢匈決戰，確立了漢族文化成為中華文化主體的歷史地位，影響極其深遠。同時，漢武帝兩度派張騫（西元前159—前114年）通西域，開闢了溝通中西經濟文化交流的「絲綢之路」，並且派唐蒙等人開發西南夷地區，又併兩越，拓展國土至南海。可以說今天中國的版圖，是兩千多年以前的漢武帝就大致奠定下來的！

當然，漢武帝也有弱點，他的弱點和當年的秦始皇極其類似；首先，也熱中出巡，一生先後出巡十幾次，每一次都勞師動眾，花費巨大，漢武帝在巡遊方面的浪費程度甚至還超過了秦始皇，其次，是迷信方術，妄想能夠長生不老，因而不斷派人到海外求仙，希望找到仙藥，結果不但被很多方士所利用，後來還導致了一場「巫蠱之禍」。

漢武帝晚年的時候，由於過度使用民力，再加上拚命求仙、浪費無度，以至於賦役繁重，老百姓的怨言愈來愈多，而漢武帝也變得很疑神疑鬼，老擔心有人會對他不利。有一次，他夢見自己被數千木人追打，醒來以後，漢武帝認為一定是有人對他下了詛咒，竟下了一道荒唐的命令，說要嚴厲追查，事情遂一發不可收拾，後來居然連太子和衛皇后都被牽連進去而雙雙自殺，丞相劉屈氂也被殺，將軍李廣利則投降匈奴……直到這個時候，一生曾經多次大敗過匈奴的漢武帝才終於醒悟過來，察覺到所謂的巫蠱活動其實完全是奸臣江充等人為了排除異己所製造出來的冤案。

漢武帝誅滅了江充全家，平息了巫蠱之禍，也遣散了所有的方士，並於同年六月下了一道詔書，宣布從此要「與民更始，休養生息」。後來學術界都將漢武帝這道詔書稱為「罪己詔」，意思就是說漢武帝承認了自己的錯誤，並且設法做出補救。

兩年以後，漢武帝就過世了。事實證明，就是由於漢武帝在罪己詔中做出的政策調整，不僅避免了漢王朝走上秦滅亡的道路，也為後來的昭宣中興奠定了良好的基礎。

篡漢自立
新帝王莽

（西元前46—西元23年）

把西元元年對應到中國歷史，是西漢時期。

為什麼是「西漢」？劉邦不是建立了漢朝嗎？怎麼「漢朝」忽然就變成了「西漢」呢？這是因為從西元前202年劉邦建立漢朝算起，一直到西元220年東漢滅亡為止，漢朝一共四百多年，可卻不是持續的，中間插進一個為時僅十七年的新朝，漢朝的歷史也就這樣一分為二。

新朝的建立者為王莽。歷史上對王莽的定位就是「篡漢自立」，「篡」這個字在古代就是特定指「臣子奪取君主權位的行為」。

王莽享年六十九歲。就像漢朝歷史被他切分為兩段一樣，他的一生也可概分為兩個完全不同的階段，把這兩個階段的王莽兩相對照，那真正是判若兩人。在西元8年、五十四歲那年篡漢自立之前，王莽簡直就像一個聖人，凡是知道他的人沒有一個不說他好的，篡漢之後一直到被攻進長安的起義軍所殺，這十五年則是王莽焦頭爛額、一敗塗地的階段。王莽所推行的改革，是中國歷史上最失敗的一次改革。

說起來在封建時代能夠做出「篡位」如此大逆不道的事，實在是難以想像，一方面固然與當時西漢王朝其實氣數已盡有關，但在很大程度上確實是由於王莽長期且不懈的「堅持」。

首先，他雖然屬於「王氏集團」，而且其實很早就「胸懷大志」，但是他一直把自己隱藏的很深，用各種手段、藉著各式各樣的事件，把自己打造成一個淡泊名利、道德高尚的仁人君子，實際上這都是在為日後施展抱負暗中做準備。

這個「王氏集團」是怎麼回事呢？這是一個為患西漢朝政三十多年的外戚集團，核心人物王政君，在皇帝後宮一直很受冷落，即使懷上了「龍子」、甚至後來「母以子貴」做了皇后，也還是難得能夠見上皇帝一面，一直熬了十八年，直到兒子劉驁當上了皇帝（漢成帝，他的皇后就是中國古代四大美人之一的趙飛燕），王政君升任皇太后，才苦盡甘來。

成帝坐上皇帝寶座的時候還很年輕，虛歲還不滿十九歲，即使有心有所作為，實際上也不算是一個糟糕的皇帝，但因沒能壓制王氏集團而任由外戚干政，所以一般普遍認為他應該要為西漢的滅亡負一定的責任。

成帝即位時，王莽十三歲，儘管這個時候王氏家族已經極具政治勢力，但王莽一家還沒有沾到什麼好處，仍然過著相當貧寒的生活，不過少年王莽從未流露出任何不滿。長大以後，王莽恭恭敬敬地侍奉著寡母和寡嫂，並且盡心盡力教育沒有父親的姪兒，同時還費盡心機的廣交名人儒士，在執掌朝廷大權的伯父和叔父面前更是異常恭謹，一步步贏得了他們的信任和好感。終於，在伯父王鳳病重時，王莽一連好幾個月不眠不休守在病榻前的細心伺候，使王鳳深受感動，臨終前特意囑託成帝和皇太后給這個年輕人一官半職，王莽就這樣做了「黃門郎」，算是一個起步，這個時候王莽二十四歲。

接下來，王莽繼續小心翼翼地做人，不僅生活儉樸，待人誠懇，還疏散家財救濟貧困的人，並且廣交貴族，用盡各種辦法提高自己的聲望，贏得了一致的好評，只要是認識他的人，都說他是一個德才兼備、不可多得的人才。後來當王莽的叔叔王根年老退休以後，王莽就接替了王根的位置，當上了大司馬。這個時候，三十歲的王莽，總算進入了朝廷權力中心，但他仍然不滿足，又花了十六年的時間，獲得了「安漢公」的封號。這是西元元年的事，這年王莽四十七歲，從這個時候開始，王莽開始卸下偽裝，逐漸清除異己，獨攬大權。

同時，為了進一步鞏固自己的位置，他又費盡心機使女兒成為漢平帝的皇后。不久，王莽便獲得了「宰衡」的稱號，位列上公。

西元5年，已生篡位之心的王莽，察覺到十三歲的漢平帝對自己很是不滿，乾脆先下手為強，毒死了自己的女婿漢平帝，再擁立年僅兩歲的劉嬰做「孺子」，自己則做起「攝皇帝」來。三年以後，王莽終於正式昭告天下，代漢自立，建立新朝。之所以稱作「新朝」，是取其「除舊布新」的意思。

緊接著，王莽依照《周禮》設計了一套對社會進行復古改革的藍圖，希望能夠緩解自西漢中葉以來的社會危機，這一系列的改革稱為「新政」，比方說，下令天下所有土地從此一律改稱「王田」，歸國家所有，所有的奴婢也改稱私屬，都不許買賣。在新朝的十七年之中，王莽提出了一大堆的改革，但都淪為空想，沒有一件能順利地執行，結果反而愈搞愈糟，弄得天下大亂，譬如，關於貨幣的改革就先後進行了五次，造成經濟混亂，社會不安的情緒也日益嚴重。

王莽剛愎自用，疑神疑鬼，到後來連自己的兒孫都不相信，澈底成了一個遭到眾叛親離的孤家寡人，身邊只留下一些逢迎拍馬的小人。王莽在狼狽之餘，要這些小人幫忙想想辦法，他們竟想出一連串教人啼笑皆非的辦法！

比方說，有人建議「哭天」，向上天求救，王莽竟然採納，馬上率領群臣跑到長安南郊對天嚎啕大哭。很快的，他覺得這樣還不夠，就命大學生和普通百姓一起加入哭天的陣容，為了增加大家的積極性，不但派人每天在現場免費提供食物給前來哭天的群眾，還宣布凡是哭得好的、並且能夠誦讀王莽親自撰寫的告天策文的，就授予郎官的官職，結果幾天之內因此而做官的多達五千多人。

眼看各地的造反怎麼也鎮壓不住，王莽非常焦慮，但又不知如何算好，後來，王莽為了力挽狂瀾，在無奈之餘，打算放棄新政，但是因為新政太多，連他自己也弄不清到底該廢除哪些新政，居然宣布「自朕即位以來，凡是不利於民的政令，全部收回」，真是荒唐至極。

王莽最終的結局非常悲慘。西元22年，造反的起義軍殺向長安，舉朝震驚，翌年，亂軍攻破長安，王莽被殺，還被剁成了肉醬。

西元25年，新朝覆滅，劉邦的後裔劉秀登上皇位以後，史稱東漢。

以柔治國

東漢光武帝劉秀

（西元前6年—西元57年）

劉秀是漢高祖劉邦的九世孫，但他的父親只是一個小小的縣令，去世得又早，劉秀從九歲開始就和手足一起住到叔父家，由叔父撫養長大。

劉秀的大哥劉縯，皇族意識很強，對一般家庭事務毫不關心，在別人看來這是責任心不夠，可劉縯卻總是理直氣壯，因為他總是自比漢高祖劉邦，說當年劉邦也被視為不務正業，盡是喜歡交朋友，結果後來幫著劉邦打天下的就是這些朋友，所以，劉縯認為既然對新朝王莽的政權不滿，如此雄心勃勃積極結交一些同樣希望有所作為的朋友，有什麼不對呢？簡直就是劉邦再世呀！劉邦剛好有個二哥劉喜，對政治相當無感，只是專心治理家業，因此劉縯在自比劉邦的同時也總是喜歡把弟弟劉秀比作劉喜。

可是後來一心想要謀取天下的劉縯失敗了，莫名其妙的死於更始帝劉玄之手，劉秀卻當上了皇帝。

性情溫和的劉秀是一個太學生，年輕時對於政治這些事情確實沒什麼興趣，展望前途，只想做一個「執金吾」（這是負責監督和檢查京都及附近地區治安的長官）。有一句話，「仕宦當作執金吾，娶妻當得陰麗華」，就是劉秀說的。陰麗華是一個千金大小姐，劉秀對她一見傾心，不過當時兩個人的條件非常懸殊，劉秀想要娶她為妻簡直是不可能的，然而後來的發展真是出人意料，劉秀不僅果真娶到了陰麗華，自己還當上了皇帝，同時也讓陰麗華當上了皇后。

劉秀處事非常謹慎。其實王莽建立的新朝僅僅過了九年左右就開始有人造反了，西元17年第一批起義軍綠林軍擁立更始帝劉玄在鄂西一帶起義，緊接著各地造反風起雲湧，大哥劉縯跟當地許多人也想一起趁亂起兵，可是劉秀並沒有盲從，而是直到幾年後經過一番深思熟慮，確定已經天下大亂才採取行動。

西元22年，二十八歲的劉秀和大哥劉縯以及當地一些宗室子弟就在家鄉南陽起兵，史稱舂陵軍，隨即加入了綠林軍。舂陵軍不僅人數少，裝備也很糟糕，初期劉秀甚至連戰馬都沒有，竟然是騎著牛上陣作戰，因此在民間演義故事中都形容他是「牛背上的開國皇帝」，因為東漢就是從劉秀開始的。

劉秀、劉縯的舂陵軍翌年（西元23年）在昆陽之戰中以少勝多，大敗王莽的軍隊，這對於王莽的新朝是一個致命的挫敗，不久綠林軍就攻入長安，殺了王莽，新朝就這樣滅亡了。

也就是在這一年，劉秀遭到了重大的打擊；這原本幾乎是一場滅頂之災，多虧劉秀沉得住氣才得以化解。

事情是這樣的。昆陽之戰過後，眼看劉氏兄弟聲威大震，氣勢如虹，引起了其他綠林軍的嫉妒，竟慫恿更始帝劉玄殺掉他們，不久，劉玄果然乘機殺掉了劉縯，而劉秀的應變之道是，非但不去找劉玄算賬，為兄報仇，而是立刻跑去面見劉玄，言談之間絲毫不提兄長被殺之事，甚至也不穿孝服、不辦喪事，更不提自己在昆陽之戰中率十三騎突圍的奇功，劉玄見劉秀如此平靜，態度依然如此恭謹，很是慚愧，就放棄了原先想要把劉秀一併殺掉的想法，反而拜他為「破虜大將軍」，封武信侯。實際上劉秀明白此時自己實力還不夠，只能先穩住劉玄，如果魯莽行事只會是全盤皆輸。

西元24年，劉秀前往河北，以諸多寬柔的德政收攬人心，陸續得到當地豪強的支持，漸漸開始能夠與綠林軍、赤眉軍分庭抗禮，但劉秀還是穩紮穩打，步步為營。這樣過了一段時日，隨著劉秀實力的壯大，許多擁護他的人紛紛要求他稱帝，終於在西元25年，三十一歲的劉秀在得了天時又得人心的情況下，水到渠成的稱帝，重建大漢。兩年之後，劉秀收編了赤眉軍，之後又花了十幾年的時間統一全國。

西元57年，劉秀逝世，享年六十三歲，謚號光武帝，廟號世祖。劉秀是一個好皇帝，他平易謙和，愛好儒學，公平公正，講究「以柔治國」，在他執政期間，國家呈現出一派太平景象，史稱「光武中興」。

關於劉秀的正直和開明，有這麼一個故事可以佐證。劉秀的姐姐陽湖公主包庇一個殺了人的家奴，京城洛陽的行政長官董宣不畏權貴，一天趁著公主出行，從公主車上抓下那個家奴，當場處決，公主大怒，立即進宮向劉秀告狀，劉秀就召董宣，結果董宣在朝堂上據理力爭，寧死也不向盛怒的公主賠禮道歉，後來劉秀不僅放了董宣，還給他加了一個「強項令」的美名（「項」泛指脖子，「令」是縣令，「強項令」的意思就是「剛強不肯低頭的縣令」）。京劇裡頭《強項令》說的就是這個故事。

文人皇帝

三國・魏文帝曹丕

（西元187—226年）

東漢歷時一百九十五年。初期，鑒於西漢王莽篡位的教訓，朝廷對於外戚干政非常提防，光武帝在位三十二年，繼位的明帝在位十八年，都嚴格執行「外戚不得封侯當政」的規定，直到明帝之後的章帝，即位僅僅三年左右的時間，這條禁令就開始動搖，外戚竇氏集團進入了政治權力中樞，預示著東漢王朝即將逐漸走下坡。後來不僅外戚，宦官也爭權奪利，吏治日益敗壞，官僚士大夫和太學生雖然也反抗過，但都以失敗告終，這就是兩次「黨錮之禍」，而在西元184年爆發的「黃巾之亂」，前後雖然只為時九個月，卻動搖了東漢王朝的根本，接下去就是軍閥混戰，最終曹丕在西元220年廢了漢獻帝自立為帝，建立魏國，翌年劉備在成都稱帝，在四川建立蜀國，西元229年，孫權又在江東建立吳國，至此三國鼎立的局面完全形成，這就是俗稱的「三國時代」。

曹丕的一生相當短促，去世的時候年僅三十九歲。他是東漢著名政治家曹操的次子，從四歲那年就開始學習騎馬射箭，並且自幼就和兄弟一起跟隨父親南征北戰，過著戎馬生活。十歲那年，由於哥哥曹昂戰死，曹丕就在一夜之間提高了成為法定繼承人的機會。

其實曹操原先最屬意的接班人是曹沖，這是曹丕同父異母的小弟，曹操多次對群臣稱讚曹沖非凡的聰明才智，並流露出將來想讓曹沖接班的意思，然而曹沖在十三歲那年就病死了，曹操在悲痛之餘，還對兒子們說：「這是我的不幸，卻是你們兄弟的大幸！」

按照嫡長子繼承的傳統制度，在曹操的二十五個兒子當中，有資格被立為太子的只有正室卞夫人所生的曹丕、曹彰、曹植和曹熊。照說能文能武現在又是最大的曹丕成為接班人是理所應當，然而由於幾個弟弟都是才識卓越且雄心勃勃，曹丕能否被立為太子一直還有變數，事實上當時確實也有不少人建議曹操立曹植為太子，幸好這些人幾乎都是文人學士，論謀略是不如曹丕身邊那些官僚人士的。

有一次，曹操要出外打仗，曹丕、曹植兄弟倆都去送行，臨別的時候，曹植念了一篇頌揚父親功德的文章，曹操非常讚賞，這時，曹丕的一個幕僚就提醒他應該趕緊表現出傷心和依依不捨的樣子，於是，曹丕就抹著眼淚跟父親告別，這一招果然是高招，曹操大受感動，認為曹丕對自己很有感情。後來，又因為一些小事，讓曹操覺得曹丕的行政能力還是比較強，辦事也比較可靠，再加上「廢長立幼」容易引發變故的考慮下，曹操最終還是放棄了曹植，決定還是立曹丕為太子。經過多年來的明爭暗鬥，曹丕在二十歲那年終於在這場太子爭奪戰中獲勝。

三年後，曹操過世，曹丕就做了魏王，同年逼迫漢獻帝禪位，建立魏國，東漢至此正式宣告滅亡。

為了鞏固自己的統治地位，曹丕把幾個兄弟都趕回到他們的封地去，但即使這樣，曹丕還是不大放心，尤其忌恨曾經一度威脅到自己太子地位的曹植，居然把曹植找來，大肆批評曹植以前總喜歡誇耀自己的文章，實際上他懷疑那都是有人代筆，因此當場命令曹植要在走完七步之後立刻做出一首詩，否則就要治他的罪，實際上就是想找個藉口把曹植給殺了。

結果，《七步詩》就這樣誕生了。

煮豆燃豆萁，豆在釜中泣。
本是同根生，相煎何太急。

萁是豆莖，和豆子屬於同一株植物，只不過是不同的部分而已，現在為了要煮豆子，居然拿豆莖來作為燃料，因此當鍋子裡的豆子看到豆莖在下面煮著自己，明白原來是豆莖在迫害自己，不免傷心哭泣。

曹植顯然是非常生動的把「豆子」比喻成自己，而把「豆莖」比喻成是哥哥曹丕。曹丕聽了，也頗受觸動，再加上母親卞太后痛哭流涕的為曹植求情，這天曹丕總算是放過了曹植，只是把曹植貶為安鄉侯。

三年之後，曹丕在毒死了大弟曹彰之後，又對二弟曹植起過一次殺心，幸虧曹植是一個文人，不掌任何兵權，一直都表現得非常溫順，總算在母親的保護下再度保住一命。

曹丕對待親兄弟都如此無情，其他曹氏諸王的際遇就可想而知了，紛紛被大幅降級改封為縣王。曹丕此舉固然防止了弟弟們來跟自己爭權，但也同時造成了皇室孤立無援，使得日後司馬懿父子能夠那麼容易就奪取了曹氏的大權。

在曹丕短暫的一生中，大部分的時間和精力都拿來對付手足了，花在治理國家的精神自然就不多，幸而他還算是懂得知人善任，因此還是能夠在父親曹操所留下的基礎之上進一步鞏固了曹魏在北方的統治，只是屢次對東吳和蜀漢用兵都沒有成功。西元226年，曹丕就是在又一次的伐吳失敗後病倒，不久便病重過世。

此外，由於曹丕畢竟是一個文人，不僅經常與「建安七子」在一起，領導著文壇，所著的《典論》一書，對文學提出了一些新認識和新觀點，也被公認為是一本很有價值的著作，特別是曹丕在書中所說文章是「經國之大業，不朽之盛事」，更是把文學的地位提高到前所未有的高度。

〔所謂「建安七子」是指建安年間，也就是曹丕在位期間，七位文學家的合稱，包括孔融、陳琳、王粲、徐幹、阮瑀、應瑒和劉楨，是當時「三曹」

——曹操、曹丕和曹植——以外的優秀創作者。）

草鞋天子

三國・蜀昭烈帝劉備

（西元160—223年）

從西元220年曹丕建立魏國，到西元279年晉軍滅了東吳，結束三國鼎立的局面為止，三國時期一共五十九年，在此時期所出現的人才之多，是中國歷史上任何一個時期都無法比擬的，而在這麼多的人才之中，劉備既無曹操一代梟

雄的政治家的謀略，也無孫權割據江東的根據地，可居然能夠「白手起家」以一個布衣而三分天下，劉備所憑藉的是自己特殊的本事，也不是一個簡單的人物。

說起來劉備跟西漢東漢的皇室都扯得上一點關係，只不過好幾代下來已經沾不到什麼好處。劉備家境貧寒，以販售自己編織的草鞋為生。不過，劉備到是從小就胸懷大志，童年和小伙伴們玩遊戲的時候曾經天真的表示，將來長大以後一定要坐上有真正篷蓋的天子的車。後來，在他六十一歲那年果真稱帝，建立了蜀漢。

如果不是東漢末年爆發的黃巾起義，劉備或許會編一輩子的草鞋，永無出頭之日，可是黃巾起義給了他一個非常好的機遇；當時東漢朝廷派出大軍到處鎮壓黃巾賊，各地軍閥豪強也乘機紛紛以鎮壓黃巾賊之名搶占地盤，擴充個人勢力，二十四歲的劉備也把握機會趕緊組織了一支鄉勇，加入鎮壓起義軍的隊伍。也正是這次起兵，劉備結識了關羽和張飛，留下一段「桃園三結義」的佳話。

後來，劉備因鎮壓起義軍有功，被朝廷任命為安喜縣尉，但不久就因得罪了權貴掛印而去，隨即去幽州投奔早年的同窗好友公孫瓚。公孫瓚是當地軍閥，有些實力，便任命劉備為平原縣令，劉備在此認真經營，積極贏得人心，壯大自己，經過一些時日還真做出了一些成績，附近的老百姓都紛紛前來依附。

這時，群雄爭霸，一個個都擺出逐鹿中原的架勢，各地軍閥混戰不已，一開始劉備真是毫不起眼，多虧了曹操攻打徐州牧陶謙，陶謙派人向公孫瓚告急，公孫瓚就命劉備前往救援，劉備就這樣認識了陶謙，後來陶謙看劉備兵力

太弱，就給了他四千人馬，封他為豫州刺史，讓他屯駐小沛。陶謙病死以後，劉備乘機接管徐州，這麼一來總算也躋身於大軍閥之列了，不過很快就遭到袁術和呂布的合擊，在腹背受敵的情況之下，只得投奔曹操。

在依附曹操的那段日子，有一天，曹操找劉備去喝酒，閒談間曹操問：「現在有那麼多人在爭奪天下，依你看有幾個算得上英雄呢？」

劉備回答：「袁紹久在冀州經營，號稱擁兵百萬，有良將數十人，又曾誅殺宦官，平定宦官之禍，可稱得上英雄。」

曹操不同意，「袁紹剛愎自用，有雄心而無進取之心，稱不上英雄。」

劉備又說：「公孫瓚固守遼東，劉表坐擁荊州，都雄踞一方，應該都算得上英雄。」

曹操說：「此二人雖有根據地，但胸無大志，更不能稱作英雄。」

劉備想了一想，接著說：「孫策、孫權偏安東吳之地，又有傳國玉璽，這總能稱得上英雄了吧？」

曹操仍然否決，「偏安東吳，不在中原地區，只能稱得上一方豪傑，算不上英雄。」

劉備沒轍了，只得說：「那我就實在說不上來了。」

沒想到，曹操竟然微笑道：「依我看，當代的天下英雄，只有將軍和我曹操兩個人罷了，其他像袁紹這些人，都算不了什麼。」

這就是「煮酒論英雄」的故事。

劉備萬萬沒料到曹操竟然會把自己視為唯一的對手，心想那將來曹操一定不會放過他，於是一面悄悄響應來自宮廷裡想除掉曹操的密謀，一方面也找機會想要離開許都。

接下去劉備就是從曹操身邊僥倖逃走以後，散失的部眾漸漸來會合，才慢慢恢復了些元氣。

官渡之戰，袁紹被曹操打得落花流水，劉備眼看情勢不妙，立刻南下投奔荊州太守劉表。

長期以來，向來寬大待人的劉備雖然一直頗得人心，身邊也有好幾員猛將，可始終缺乏一個出主意的人，因此奮鬥多年仍然沒有自己的根據地，就算有了也守不住，以至於總是在投奔別人。為了謀求更大的發展，劉備開始積極尋找軍師人才。

不久，劉備果然找到了一個好人才，是襄陽名士徐庶，一來就替劉備三敗曹操，還乘機奪取了樊城，劉備真是高興極了。可惜好景不長，沒過多久徐庶就被母親一封家書給叫回去。劉備不知道這封家書其實是曹操那裡偽造的，但他知道徐庶這一走將會是自己極大的損失，因此眼淚汪汪的對徐庶說：「先生既然走了，劉備也將遠遁山林」。徐庶聽了這番自暴自棄的言詞，大為感動，本來都已經離開了，又掉轉馬頭特地回來向劉備舉薦一個超級厲害的人才，那就是諸葛亮。

劉備頓時又燃起一線希望，熱切詢問此人和徐庶比起來怎麼樣，這個時候劉備大概是想如果能找到一個雖然比不上徐庶，但只要還算差強人意過得去的也就馬馬虎虎，然而徐庶卻鄭重表示自己和諸葛亮比起來，就像「駑馬和麒麟」，要不就是「烏鴉和鳳凰」，反正就是一句話：「此人有經天緯地之才，我是不能跟他比的。」

聽到徐庶對諸葛亮的評價如此之高，劉備下定決心一定要爭取到這位超級大人才來為自己效命。後來，劉備靠著「三顧茅廬」所展現出來的巨大誠意，終於把曠世奇才諸葛亮請出了山。

靠著諸葛亮高瞻遠矚的的規畫以及令人驚嘆的執行能力，西元208年劉備與孫權合作，在赤壁大敗曹操，天下三分的局面初步形成。十三年後，在曹丕建立魏國、東漢滅亡的翌年，劉備也稱帝了，為蜀漢昭烈帝。

遺憾的是，由於劉備的意氣用事，竟主動放棄了「聯吳抗曹」的立國方針，打亂了諸葛亮的苦心布局；劉備雖然以「義」字得到了關羽和張飛兩員猛將，可也同樣因為這個字，在關羽和張飛死後，氣急敗壞的要為他們報仇，而傾全國之兵去打東吳，結果被東吳大將陸遜火燒連營，全軍覆沒，不僅劉備自己兩年之後憂鬱而死，蜀漢從此也再無力進取中原，後來在三國之中也第一個被滅。

發展江南

三國・吳大帝孫權

（西元181—252年）

三國之中，建國最晚的是吳國，建國者孫權是江東豪門孫堅的次子。

孫堅是長沙太守，原是袁術的部下，孫堅死後，長子孫策帶兵投靠袁術，一開始袁術並不重用孫策，孫策靠著自己的驍勇善戰，再加上他的軍隊紀律嚴明，漸漸得到很多人的支持，逐步拿下了江東六郡的大片土地。

孫策雄心勃勃，本想利用曹操和袁紹在官渡相持不下的大好機會，準備北伐，奪取中原，不料遭人暗算而死，得年二十六歲，臨死前對弟弟孫權說：「若論率江東之眾衝鋒陷陣，與天下英雄爭高下，你不如我，可是若論舉賢任能，使眾人齊心協力保有江東，我不如你，你當善自為之！」

西元200年，十九歲的孫權就這樣繼承了父親和哥哥的事業。此時由於江東六郡都是剛剛占據，人心並未歸附，就連許多將領見繼位者這麼年輕，也都不大放心，甚至還有人考慮是不是要改投他主，總之孫權的政權並不穩，在這關鍵時刻，幸好江東名士周瑜從駐地及時率軍前來，和張昭等人一起說服眾將領齊心輔佐幼主，到處宣傳孫權有帝王之相，一定能夠共成大業。不多久，江東人心漸漸安定了下來。

孫權謹記著哥哥要他用心網羅人才的忠告，文臣武將，人才濟濟，江東一帶呈現出一片興旺的景象。後來對孫權發揮了不小助益的魯肅，就是周瑜推薦給孫權的。

已占據北方大部分地區的曹操，在孫權剛剛繼位時，原本想在江東人心不穩的時候乘機伐吳，可是又怕落得個不仁不義的罵名，乾脆假意示好，上表請封孫權為討虜將軍，領會稽太守。從這個時候開始，年輕的孫權實際上就在江東建立了割據的政權。

孫權調兵遣將，開始征伐不服從自己的人，不僅進一步鞏固了在江東的統治，還慢慢擴大了自己的統治區域，到了西元210年已擴大到今天廣州一帶。

與此同時，中原的形勢也發生了變化。

曹操在平定北方以後，西元208年率領大軍南下進攻劉表，不過還沒到荊州，劉表已經病故，他的兒子劉琮聽說曹軍聲勢浩大，嚇破了膽，忙不迭的立刻派人求降。

曹操接受了劉琮的投降，志得意滿，繼續自江陵順流東下。此時，年僅二十七歲，剛剛出山、剛剛開始為劉備效命的諸葛亮，向劉備報告一番之後就來到東吳，先找到魯肅，在魯肅的陪同之下去見孫權，一方面勸說孫權趕緊和曹操斷絕關係，一方面與蜀漢一起抵抗曹操。諸葛亮分析，曹軍兵馬雖多，但遠道而來，士兵都很疲憊，恐怕很多人還會因水土不服而生病，再說北方人不習慣水戰，最近才剛投降曹操的荊州士兵也未必會真心願意為曹操賣命，只要蜀漢和東吳同心協力，一定能夠打敗曹軍，蜀漢這裡再怎麼樣也都還有兩萬水軍啊。

孫權立刻召集部下將領討論對策。就在這個時候，曹操的招降書到了，孫權拿給大家看，大家一看都非常的惶恐不安，紛紛表示應該投降。可是年輕的孫權不願意把江東土地和十萬人馬白白送給曹操，魯肅也不贊成投降，勸孫權趕緊把正在鄱陽的大將周瑜給召回來。

周瑜回來以後，孫權再度召集文武百官，周瑜在會上慷慨陳詞，先大罵曹操名為漢朝丞相，實際上是漢室奸賊！接著，周瑜進一步分析，北方士兵不會水戰，大老遠跑到這裡來水土不服一定會生病……基本上和諸葛亮的觀點高度吻合。聽了周瑜的話，孫權下定決心，便起身拔出寶劍砍掉了桌子的一角，厲聲道：「誰要是再敢提投降，就跟這桌子一樣！」

孫權任命周瑜為都督，撥給他三萬水軍，要他和劉備一起抵抗曹軍。周瑜領兵進軍，在赤壁（今天湖北武昌縣西赤嘰山）和曹軍碰上。

就和周瑜、諸葛亮之前預測得那樣，曹軍士兵因為水土不服已經很多人都生了病，雙方一交鋒，曹軍就打了敗仗，慌忙撤退到長江北岸。不久，周瑜部將黃蓋看到曹軍把戰船用鐵索栓在一起，建議用火攻來對付曹軍。於是，周瑜和黃蓋就一起上演了一場苦肉計，有一句歇後語「周瑜打黃蓋，一個願打一個願挨」，說的就是這個故事。黃蓋挨打之後，假裝在氣憤之下要投降曹操，然後偷偷準備好十艘大船，每艘船上都裝著枯枝，澆足了油，外面裹著布插上旗幟，另外再準備一批輕快的小船栓在大船的船尾，讓大家在大船起火的時候能夠迅速轉移。

這個時候是十一月，天氣原本已經相當冷了，可是在這天晚上卻突然回暖，刮起了東南風，東吳船隊在接近曹軍水寨的時候，十艘大船忽然統統起火，火借風勢，一發不可收拾，緊接著這些船隻就統統撞進了曹軍水寨，沒過一會兒，熊熊大火不僅燒了水寨，就連岸上的營寨也受到了波及，大量曹軍士兵不是被燒死就是掉到水裡因不諳水性而被淹死，損失慘重。周瑜一看北岸起火，馬上帶領精兵渡江進攻，曹操只得帶著一些殘兵敗將從華容的小路狼狽逃回北方。

經過這場赤壁之戰，天下三分的局面已經初步形成。接下來二十年左右的時間，孫權曾經率軍進攻曹魏，但以失敗告終，後來又跟曹操合謀，殺掉了劉備的大將關羽，奪回了荊州。

西元229年，四十八歲的孫權覺得建國稱帝的時機已經成熟，便正式建立吳國。建國之後，孫權不再與蜀、魏兩國兵戎相見，而是用心發展江南的社會生產，今天江南一帶成為中國的經濟中心，可以說就是孫權所打下的良好基礎。無怪乎後世都評價孫權是三國當中唯一有作為的皇帝。

孫權在位二十三年，非常可惜的是，晚年剛愎自用，近小人而排斥忠良，和前半生的英雄作為相比，簡直是判若兩人。

西元252年，孫權病逝，享年七十一歲。

終結三國

晉武帝司馬炎

（西元235—290年）

西晉的開國皇帝雖然是司馬炎，但西晉王朝的奠基者其實是司馬炎的祖父司馬懿。

司馬懿是東漢的權臣，擅謀略，非常能幹，有諸多不凡的想法，曹操生前在察覺到司馬懿的野心之後對他相當防範，總説他有「狼狽之相」，並且斷言司馬懿將來一定會是曹家的一大禍害，要兒子們多加提防，可是兒子們都不以為意，尤其是曹丕，因為司馬懿為他在太子爭奪戰中出了不少力，曹丕出於感激的心理，對司馬懿更加信任和依賴。

後來事實證明曹操的預感是正確的，司馬懿正如曹操所形容的那樣「不是甘於臣下的人」，然而曹丕以及明帝曹睿都沒把曹操的預言當一回事，都還是重用司馬懿，使得司馬家族的權勢愈來愈大，後來司馬氏果真代魏自立。西元265年，司馬炎就像當年曹丕強迫漢獻帝禪位一樣的「接受」了魏帝曹奐的禪讓，建立晉朝，這一年司馬炎三十歲。

在接班之前，司馬炎也曾遭遇過和當年曹丕一樣的危機，險些當不上王位繼承人。司馬炎雖然是父親司馬昭的長子，可是並不受父親的喜愛，父親喜歡的是另外一個兒子司馬攸，小名叫做桃符。司馬昭每次一見到司馬攸，都會拍拍自己晉王的寶座笑咪咪的說：「這是桃符的座位哦！」寵愛之情真是溢於言表。不過，司馬炎不急不躁，好整以暇，以一副寬厚仁慈的態度默默爭取著大家的支持，再加上很多大臣都一再用歷史上那些因為廢嫡長而引起禍亂的事例來提醒司馬昭，勸他三思，司馬昭最後不得不接受大臣們的建議，還是讓司馬炎做了接班人。

司馬炎即位以後，就將精力放在統一全國和經濟建設上。為了鞏固自己的統治，司馬炎非常聰明的採取了懷柔政策，首先，下令讓已經成為「陳留王」（這是中國古代王爵之一）的魏帝重新載天子旌旗，行魏正朔，郊祀天地禮樂制度皆如魏舊，上書不用稱臣。過去他的祖父司馬懿和父親司馬昭為了給司馬氏奪取皇位鋪路，曾經對曹氏家族及其附屬勢力大開殺戒，現在司馬炎的懷柔則有效緩解了大家的不安。

其次，司馬炎賜安樂公劉禪子弟一人為駙馬都尉，還解除了對漢室的禁錮，這麼一來也安定了蜀漢人心，進而也為日後吞併東吳取得了主動權。

以上種種開明的做法果然為司馬炎贏得了很多的好感。與司馬炎形成強烈對比的是比他小六歲的東吳皇帝孫皓，孫皓荒淫殘暴，殺人如麻，是一個澈底的昏君。東吳百姓生活在水深火熱之中，不禁恨不得成為晉朝人。於是將領率眾倒戈投降西晉的事開始時有所聞，晉朝朝野上下「滅掉東吳」的呼聲也日益高漲；不過，行事穩健的司馬炎考慮到東吳畢竟已經立國幾十年，要攻打起來恐怕未必會像想像中那樣容易。因此，從他即位那年算起大約過了五年，司馬炎才命將領開始研究伐吳這樁大事，然後又花了九年左右才派出二十萬大軍分幾路伐吳，最後幾路軍隊按計畫順利合圍東吳首都建業（今天的南京）。

由王濬率領的水路軍，竟然能夠突破層層阻礙直逼建業，最令東吳意想不到。為了伐吳，王濬早就命人在益州督造了大批戰船，這種戰船很龐大，一艘船能夠容納兩千多人，船上還造了城牆城樓，站在上面可以四面眺望，所以稱作「樓船」。

吳軍為了應付樓船，想出一個辦法，就是在長江裡埋下一丈多長的鐵錐，企圖使晉軍這些龐大的戰艦動彈不得。面對這樣的局面，王濬以一個高招來化解；他命人又造了幾十個大木筏，在每個木筏上都放一些草人，草人都披上了盔甲，手拿刀槍，還在木筏上灌足了一點就著的麻油，然後派幾個水性好的士兵帶領這一隊木筏隨流而下，這些木筏一碰到吳軍埋設的鐵錐，鐵錐的尖頭扎到木筏底下，就會被木筏給掃掉，而一旦碰到攔阻在江面的鐵鏈鐵索，王濬就會命令點燃木筏，把那些鐵鏈鐵索都燒斷。

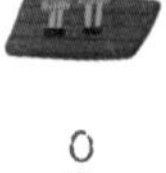

吳

王濬所率領的這支水路軍就這樣進入了東吳地界，和另外一路軍隊會師，再一路南下，直驅建業。

東吳皇帝孫皓無力抵抗，只得投降。立國近六十年、曾經雄踞江東的吳國，就這樣滅亡了，而司馬炎也完成了統一全國的目標。

從此，司馬炎就著手恢復經濟、發展生產，初期也確實收到了不錯的成效，然而司馬炎很快就陶醉在大一統的成就裡，開始非常講究物質享受，逐漸變成一個昏君，最終不僅弄垮了自己的身體，西元290年過世的時候才五十五歲，也使得晉朝才剛剛經歷了二世就出現大亂，隨後又出現長達將近三百年的分裂局面，直到西元581年楊堅建立隋朝，才重新見到了統一。

後世史家普遍都認為，將近三百年的分裂，就算不能完全都歸咎在司馬炎的頭上，但他還是應該承擔不小的責任。因為自魏明帝以後，社會風氣就趨於

奢侈，司馬炎一度以儉約清廉著稱，後來卻極為奢華浮誇，比方說大規模修建祖先陵墓，十二根巨大的銅柱都鍍以黃金、飾以明珠，所用的材料也都是從遙遠的地方運到洛陽……不難想像，既然皇帝如此帶頭奢侈，自然上行下效，整個晉朝都掀起一股奢靡之風，這給後人帶來非常深遠且惡劣的影響。

前秦宣昭帝苻堅

曇花一現

（西元338—385年）

西晉末年爆發了「八王之亂」，這是中國歷史上最嚴重的一次皇族為了爭奪中央政權而引發的內亂，其實實際參與的皇族不止八個，只不過因為主要參與者是八個，所以史稱「八王之亂」。

在這場前後長達十六年的動亂之後，西晉滅亡，司馬懿的曾孫司馬睿在百官勸進下，在江南的建康登基，成為東晉的開國皇帝。

（建康就是今天的南京，南京在歷史上有好幾個不同的名字。）

除了直接造成西晉的滅亡，「八王之亂」也導致接下來將近三百年的動蕩，中國歷史進入了「五胡十六國」的時期。（早期都把這個時期稱為「五胡亂華」，後來因為很多學者指出這段時期實際上是一個民族大融合的時期，而「亂華」這樣的說法對少數民族來說太不尊重，所以現在已經不大這麼說了。）

我們先回頭稍微梳理一下「五胡十六國」的背景因素。自東漢中葉以後，朝廷經常以招引或強制的方式，將邊疆的北方各族內遷，以便監控各族，還可以順便增加兵源和勞動力，到了西晉，中國北部、東部和西部，尤其是並州和關中一帶，都有大量胡族與漢族雜居，按史書記載，「西北諸郡皆為戎居」，關中百萬人口中「戎狄居半」，對晉帝國呈現出半包圍的形勢。

在入主中原的眾多民族中，以匈奴、鮮卑、羯、氐、羌為主，這就是所謂的「五胡」。從西晉滅亡一直到北魏統一華北這段期間，南方是東晉，北方則陸陸續續存在過許多政權，算算還不止十六國，只不過史家都著重主要的十六國，因此稱為「五胡十六國」。在這些政權當中，後趙、前燕、前秦都曾經占據過北方的大部分疆域，尤其是前秦還曾經一度統一了北方，只不過時間都不長。

現在我們就來重點介紹一下前秦宣昭帝苻堅。

苻堅是前秦開國皇帝苻洪的孫子，從小就很喜歡讀書，深受祖父的喜愛。苻洪死後，苻健即位，苻堅被封為龍驤將軍。西元355年，苻健病死，二十一歲的太子苻生繼位。苻生後來的謚號是厲王。「謚號」這種做法始於西周，是對死去的帝妃、諸侯、大臣以及其他地位很高的人，按其生平事蹟做了一個蓋棺論定式的評價，有褒有貶，苻生的謚號是「厲王」，「厲」有凶猛的意思，足見苻生有多麼的令人畏懼。

苻生確實是歷史上少有的暴君，在位兩年左右沒做什麼正經事，整天就是以殺人取樂，宗室、功臣幾乎全被殺光，手段都還特別殘忍。西元357年六月的一天深夜，苻生和侍女提起第二天想殺掉苻法、苻堅兄弟，結果這個侍女在苻生熟睡以後趕緊跑去通風報信，兄弟倆當機立斷，一秒鐘也不多耽擱，立刻帶著士兵前往皇宮。守衛聽說是要來殺皇帝，都高興的紛紛加入，可見這個皇帝有多麼的遭人憤恨。

殺死苻生之後，兄弟倆互相謙讓，最後是在苻堅生母的一番暗示之下，大臣們都跪下來懇求苻堅當皇帝。這一年，苻堅十九歲。

苻堅即位以後，首先是要收拾被苻生折騰得一塌糊塗的爛攤子。此外，苻堅也有統一全國的抱負，他知道憑自己的能力恐怕無法實現這宏偉的目標，於是他找到了謀士王猛。

王猛是一個窮書生，有一回東晉大將桓溫偶然間聽到王猛對時局的分析，大為佩服，當下就再三邀請王猛去東晉發展，但是王猛很清楚東晉那兒是高門士族的天下，就算有桓溫的賞識，恐怕也很難找到他的位置，因此沒有答應。後來這個事被苻堅知道了，趕緊派人去把王猛請來，此後王猛就成了苻堅最得力的助手，當然也是最親近的大臣。

王猛以法制來治理國家，政績卓著，社會風氣大為好轉，甚至可以做到路不拾遺、夜不閉戶。接下來，苻堅就把精力放到發展生產，用很多方法來獎勵那些勤於勞動的農民以及能夠孝順父母的子女，同時，苻堅也非常注重教育，積極培養人才。在苻堅的統治下，前秦的國勢不斷強盛，使得其他少數民族的首領紛紛主動歸順。

西元369年，東晉大將桓溫征討前燕，前燕國君急忙派人前來求援，許諾將割地作為酬謝，苻堅問群臣意見，很多大臣都說之前前秦有難時，前燕當時是袖手旁觀見死不救，所以現在自然也不必理會他們的求援，唯獨王猛說：「前燕不是東晉的對手，如果桓溫占據山東，進兵洛陽，出擊崤、澠，那問題就嚴重了，不如我們先和前燕一起打退桓溫，等到桓溫撤兵，前燕一定也已經筋疲力盡，到時候我們就可以輕而易舉的消滅他們。」苻堅採納了王猛的建議，稍後果然很快就輕輕鬆鬆的滅掉了前燕。

七年後，苻堅又消滅了前涼和代國，統一了北方。

就在滅掉前涼和代國的前一年，王猛病死了，臨終前殷殷勸告和提醒苻堅：「東晉雖然遠在江南，畢竟是繼承晉朝正統，而且現在朝廷內部相安無事，我死了以後，陛下千萬不要去打晉國，我們的敵手是鮮卑人和羌人，留著他們總是後患，一定要把他們除掉，才能保障我們大秦的安全。」

一開始苻堅還是聽從王猛的意見，把主要精力都放在國內建設。可是，自從統一北方之後，苻堅就漸漸驕傲起來，漸漸就把王猛苦口婆心的忠告拋在腦後。

西元383年，四十五歲的苻堅在少數幾個心懷鬼胎的臣子的慫恿下，不顧兒子、寵妃及諸多大臣的勸阻，執意出兵征伐東晉，結果在淝水之戰中大敗，苻堅的肩膀還被流箭射中，負傷一路催馬狂奔，一直逃到了淮北。

經此一役，無論是苻堅或是前秦都是傷筋動骨，元氣大傷，兩年之後，苻堅就被逼著禪讓，他嚴詞拒絕，隨後就遭殺害。

苻堅在位二十八年，算得上是一位英明勤政的皇帝，然而一個錯誤的決策就斷送了他自己以及前秦的命運。不過，也有史家說，就算苻堅沒有犯下這個進攻東晉的錯誤，貌似強大的前秦其實也會覆滅，因為苻堅雖然在短短二十幾年之內完成了北方統一，可並沒有使少數民族澈底歸附，只是表面上的統一，基礎不夠穩固，淝水之戰的失敗只不過是使崩潰提前發生罷了。

徹底漢化
北魏孝文帝元宏

（西元467—499年）

世界文化遺產龍門石窟，位於河南洛陽市伊河兩岸的龍門山與香山上，是中國石刻藝術寶庫之一，南北長達一公里，存有窟龕兩千多個，佛像九萬多尊，非常驚人。更令人嘆為觀止的是，龍門石窟是歷經好幾個朝代持續營造達四百年之久，才形成今天如此壯觀的規模。那麼，龍門石窟最早是從什麼時候開始建造的呢？答案是西元五世紀末，距今超過一千五百年，是北魏孝文帝在位時期。

孝文帝原本是鮮卑人，開始建造龍門石窟的同一年，他下令所有鮮卑人都要改穿漢族服裝，一年後又下令改說漢語，並且將鮮卑族的複姓改為漢族的單姓，他自己就以身作則改姓「元」，叫做元宏。

當年前秦苻堅率領著百萬大軍南下征伐東晉，結果在淝水之戰中遭到慘敗，影響所及，不但苻堅統一南北的希望澈底破滅，就連北方原本統一的局面也隨之消失，北方再度又分裂成更多的地方民族政權。西元420年，晉安帝被劉裕所廢，東晉滅亡，中國歷史進入了長期分裂的南北朝時期（劉裕代晉自立，國號宋，史稱劉宋或南朝宋）。

北魏孝文帝

鮮卑族拓拔氏在淝水之戰以後，乘機重建政權，國號魏，定都山西平城。此後幾十年之間，北魏先後滅掉了其他的地方割據政權，西元439年，北魏統一了北方。孝文帝是北魏第六任國君，他四歲即位，此時北魏建國一百多年，各種社會矛盾加劇，已經出現了危機，農民暴動事件幾乎年年都有發生，為了鞏固統治，北魏進行了多次的改革，主要目的之一是想融入漢族。其中改革最成功（其實也就是改革得最澈底）的就是馮太后和孝文帝拓拔宏。

孝文帝在位二十九年，前十九年由於年紀太小，主要是祖母馮太后當政。馮太后是一位相當有才幹的政治家。祖孫兩人都一致支持改革，陸續推行了均田制（按人口分配土地的制度，肯定了土地的所有權和占有權，既減少了田產糾紛，也有利於無主荒田的開墾）、三長制（有效抑制地方豪強隱匿戶口和逃避租調徭役，直接控制基層政權組織）、官吏俸祿制（由朝廷發給官員俸祿，一改過去官吏因為沒有俸祿而自己到處找錢的怪現象，同時也嚴查貪汙）等，這些措施不但有效推動了北方經濟的恢復和發展，也鞏固了地方統治秩序，並且加強了中央集權。

西元490年，馮太后病死，二十三歲的孝文帝親政，更是大刀闊斧的進行漢化改革，澈底改變了一個民族的習俗。

孝文帝漢化改革的第一步是遷都洛陽，擺脫舊勢力的控制。

當年北魏開國皇帝拓跋珪定都平城（今山西大同東北），是基於他們鮮卑族發跡於大漠之北，當時黃河流域又政權林立，定都平城有一種前進姿態，可是在北方統一之後，黃河流域成為經濟腹地，平城作為都城就嫌太過偏遠了，再加上平城在塞北，不僅交通困難，還氣候寒冷，旱災經常發生，農業生產落後，西元493年，二十六歲的孝文帝非常果斷的做出遷都的決策，並把新都選在洛陽（今河南洛陽），這裡水陸四通，經濟上在均田制推行後恢復較快，尤其是在南北政權對峙的情況下，洛陽的地理位置也是相當適中的。

為了順利遷都，孝文帝還假裝要南伐，群臣拚命勸阻，孝文帝遂以遷都作為條件，這才得以在翌年遷都洛陽。

孝文帝尊崇佛教，在他統治時期，佛教得到很大的發展。遷都後第二年，龍門石窟就開始建造了。同年孝文帝也下令全國一律穿漢服、講漢語。

孝文帝漢化改革的第二步，是制定嚴厲的措施來改革舊有的風俗，包括禁胡服胡語、改姓氏、定族性，主張胡漢通婚，也就是從姓氏、語言、服飾等各方面一律漢化，然後藉由通婚來達到血脈相連。這些做法有效緩和了民族矛盾，進而促進了社會發展。

孝文帝漢化改革的第三步，是改革官制和禮樂刑法。當年北魏建國的時候，所有官職名稱都是鮮卑與漢制雜用，可自從遷都洛陽以後，文武百官的官名就完全採用漢制。

孝文帝本人更是澈底漢化，除了率先改掉自己的名字、娶了四個漢族女子做后妃之外，他很喜歡讀書，經常手不釋卷，精通五經及百家之學，才華橫溢，詩文作品有一百多篇。孝文帝積極興辦學校，讓王公貴族的子弟學習儒家經典，直接帶動了北方的文化開始復興。北魏的書法在孝文帝的重視與倡導之下也達到一個難得的高峰，形成了「魏碑」的字體，特色是字體剛勁有力，氣勢雄渾，別具一格，至今仍深受書法愛好者的喜愛。

歷史上評價孝文帝，都說他是一位非常成功的漢化改革者。正是由於孝文帝漢化改革的成功，積極促進了民族的迅速融合，為後來的隋唐奠定了良好的基礎。然而，崇尚和尊重多元文化已是目前的普世價值，而孝文帝的改革是將一個民族的文化澈底連根拔起加以摒棄，使得一個原來有自己特色的民族就此消亡，若從文化的角度來看，現在要界定孝文帝的功過比過去要困難得多。

此外，孝文帝的改革不僅是要緩和民族矛盾，而是志在入主中原，統一全中國，他的改革實在是雄才大略之舉。在西元497—499這兩年左右的時間孝文帝多次南征南齊，雖然打了勝仗，但西元499這一年，年僅三十二歲的孝文帝在南征途中因為長途跋涉勞累過度而病死，最終還是未能滅掉南齊，功敗垂成。

勵精圖治

隋文帝楊堅

（西元541—604年）

南北朝時期是中國歷史上一段大分裂時期，從西元420年劉裕代東晉建立劉宋開始，至西元589年隋滅陳而終，也就是上接東晉十六國下接隋朝，前後一百七十年左右。如果從東漢末年開始算起一直到隋朝統一，那動蕩的時間就更久了，長達三百六十幾年。無論怎麼算，最後結束如此漫長分裂局面的是隋朝的開國皇帝、隋文帝楊堅。僅憑這一點，隋文帝的歷史功績就足以與秦始皇、宋太祖、元世祖並稱，因為隋朝的統一是中國歷史上第二次大統一，非常不容易。

（第一次自然就是秦始皇結束五百年左右的春秋戰國時代完成統一。）

楊堅的父親楊忠是北周的開國元勛，久經沙場，屢建奇功，後來被封為隨國公。楊堅在青少年時期並無過人之處，也不愛念書（後來在他晚年甚至還下令廢除天下所有學校），但是他從十四歲就開始了做官生涯，並且似乎天生就懂得如何在官場裡頭混得開，深得統治者的賞識，所以雖然他沒有父親的卓越功績，地位卻扶搖直上，這自然令很多朝臣和貴族嫉恨不已。

北周初年，專權的宇文護就曾經多次想要殺掉楊堅，但都因有人阻攔而沒有付諸行動。北周武帝即位後，宇文憲等人也都勸武帝應該盡早除掉楊堅，可依然沒有引起武帝的重視，與此同時楊堅的長女成為皇太子的王妃，這直接使得楊堅的地位受到了有效的鞏固。

楊堅就這樣運用自己的影響力不斷擴充勢力。

西元578年，北周武帝過世，十九歲的宣帝即位，三十七歲的楊堅成了皇后的父親、皇帝的岳父，又順勢升官，已相當於丞相，平常在宣帝外出的時候，就由楊堅主持政務，很快的楊堅就開始不動聲色著手準備取代周室。

年輕的宣帝成天荒淫無道，無心理會政事，但即使這樣都還是察覺到楊堅的野心，只不過因為不想無故殺掉自己的岳父，又苦於找不到什麼藉口可以理所當然的除掉楊堅，楊堅為此主動表示想要暫時離開中央到地方上去，然而還沒等他動身，周宣帝忽然病死了，年僅八歲的周靜帝即位，楊堅就以皇帝外祖父的地位在幾個宣帝生前侍臣的協助下，偽造了宣帝的遺詔，命自己執掌了北周軍政大權。接下來，又經過三年左右的運作，時年四十歲的楊堅派人為周靜帝寫好退位詔書，強迫周靜帝退位，在百官勸進聲中裝模作樣的推辭一番，然後就迫不及待坐上了皇帝的寶座，建立隋朝（楊堅繼承父親「隨國公」的封號，本來是想以封號為國號，但是他不喜歡「隨」這個字中的走之旁，覺得不吉利，所以就把「隨」改為「隋」）。

楊堅即位之後，在開國之初還頗能勤於政事，勵精圖治，在政治、經濟、軍事、文化等領域都成功的進行了一連串的改革，使國家人丁興旺，國庫殷實。他還特別重視吏治，獎勵良吏，嚴懲奸吏，促使社會秩序井井有條，西元589年又滅了南陳，統一天下，到這個時候自東漢以來近四個世紀的分裂局面終於結束，南北又歸於統一，中國又進入了穩定發展的階段。

隋朝雖然是一個短命王朝，立國僅二十八年就滅亡了，但隋朝所創建的許多制度卻都延續了下來，形成「隋亡而制度不亡」，對中古後期的封建政權產生了深刻的影響。

比方說，在用人制度上，源於漢末的「九品中正制」本是曹操

「唯才是舉」的政策，當時也確實為曹魏提供了大量的人才，可是到了曹魏後期、尤其是到了晉朝，這套制度就已經很難選拔真正的人才，而淪為貴族世襲官位的一個橋梁，選拔官員的原則幾乎就是完全只看家世和門第，因而出現了「上品無寒門，下品無士族」的現象，把大批非常有才能但是出身低微的人排除在官場之外。

針對「九品中正制」的弊病，隋文帝一方面將其廢除，另一方面也制定出新的用人政策，規定每州每年都要推薦有真才實學的貢士三人，標準是「文章華美」，把德和才結合起來，透過考試的途徑來選拔人才擔任官吏。

到了隋煬帝時又設立了進士科。進士科的設置，標誌著科舉制度的創建。科舉制度一直沿用了一千多年，到清末才廢除，一方面給了廣大普通老百姓出人頭地的機會，另一反面由於選官的權力集中在吏部和朝廷，也直接加強了中央集權。

在行政機構方面，隋文帝精簡機構，創建了三省六部制（三省指中書省、門下省、尚書省，六部指尚書省下屬的吏部、戶部、禮部、兵部、刑部、工部），裁汰冗官，深得民心。同時，隋文帝也採取了一系列有效的措施來促進社會經濟的發展，比方說實行從北魏開始實施的均田制，按人口來分配土地，部分土地在耕作一定年限之後歸其所有，另有部分土地則是在其死後還給官府，大大提高了農民生產的積極性，成效顯著，甚至在隋文帝死後三十三年、隋朝滅亡二十年時，在隋文帝統治時期所儲存的糧食布帛都沒有用完，可見當時的社會富庶到何種程度，無怪乎會有「開皇盛世」的說法。隋文帝在位二十四年，有兩個年號，「開皇」二十年，「仁壽」四年。

仁壽初年，隋文帝已過六旬，之前他一直稱得上是一位少有的好皇帝，可到了晚年忽然性情大變，不僅下令廢除太學及州縣學，只保留國子學一所，留七十二名國子生，使全國教育事業受到嚴重的摧殘，還喜怒無常，經常無故殺人，更致命的是因為受到次子楊廣的蒙蔽，極為不智的廢了長子楊勇的太子之位，改立楊廣為皇位繼承人，後來終被楊廣給害死，終年六十三歲。

千古暴君

隋煬帝楊廣

（西元569—618年）

　　隋文帝楊堅頗為「懼內」，以大白話來說就是怕老婆，不過，楊堅的懼內有一定的背景因素；當年楊堅的父親楊忠是追隨北周重臣獨孤信起家的，所以，楊堅和獨孤氏的結合，應該深受這種上一輩關係的影響，後來楊堅從逐漸專權到終於強迫外孫讓位給自己而稱帝，在這整個過程中獨孤氏家族的地位和影響力也在其中起到了非常重要的作用。楊堅稱帝以後，皇后獨孤氏直接參與政事，實際上成為「皇帝的皇帝」，宮中甚至把二人合稱「二聖」。

獨孤氏的嫉妒心很強，可以說不允許楊堅接觸其他的女人，楊堅做皇帝二十多年沒有走上很多皇帝都會犯的荒淫無度的毛病，在某種意義上來說應歸功於獨孤氏。

楊堅有五個兒子，全是由獨孤氏所生。楊堅在晚年變得很會猜疑，覺得兒子們不可靠，竟一一將他們廢為平民。長子楊勇原本早在隋朝開國之初的開皇元年就被立為太子，但是因為作風奢華，崇尚儉樸的楊堅十分不以為然，再加上楊勇總是冷落母親為他娶的元妃，而寵愛其他母親討厭的女人，這一點也犯了獨孤皇后的大忌。眼看哥哥如此不受父母親的喜愛，楊堅的次子楊廣遂起了奪嫡的念頭。

其實楊廣算得上是一個有才幹的人。他從小好學聰敏，善為詩文，十二歲時被封為晉王，任並州總管。西元588年，二十歲的楊廣統兵伐陳，獲得勝利，因立下大功而任揚州總管，兩年後又大破突厥入侵，斬敵數千，處處顯示他確實不是一般的人物。

當楊廣起了奪嫡之心後，便一步步悄悄的朝著太子寶座前進。他多管齊下，全方位的隱藏真實的自己，裝出一個迎合父母所好的模樣，比方說，他故意在晉王府擺放一些布滿灰塵、甚至連弦都斷了的樂器，表示自己很節儉，東西壞了都還捨不得丟；假裝自己是一個不愛女色的老實人，成天只跟原配待在一起；另一方面更厲害的是，凡是皇帝皇后身邊的人來訪，無論貴賤，楊廣都會親自到大門去迎接，給足對方面子，訪客臨走前還會贈送厚禮，博得客人的好感；同時，楊廣還很有技巧、費盡心機地接近楊素、宇文述、張衡等重量級的大臣，和他們結為死黨；當然，還要不動聲色地不斷在母親面前持續地汙衊大哥……漸漸地，隋文帝和獨孤皇后都愈來愈不喜歡大兒子楊勇，漸漸有了改立太子的念頭。

西元600年，在獨孤皇后的勸說下，隋文帝終於做出「廢太子、並且改立次子楊廣為太子」的決定。楊廣奪嫡成功。這一年，楊廣三十二歲。

四年後，隋文帝楊堅病重，楊廣急不可待的寫信給楊素詢問該如何處理父親的後事，楊素的回信陰錯陽差錯送到隋文帝的手上，隋文帝看了非常生氣，與此同時楊廣又在花園中調戲父親的寵妃，隋文帝得知以後更是怒不可遏。這個時候儘管獨孤皇后已經過世了，可隋文帝還是憤怒的說：「這種畜生！怎麼能夠把國家交給這種人！獨孤誤我！」因為隋文帝認為自己之所以會改立太子都是因為聽了獨孤皇后的話。說罷，隋文帝立刻宣幾個大臣進宮，打算在病榻前寫詔廢掉楊廣，重新立楊勇為太子。楊廣獲悉這個情報以後，先火速逮捕了那幾個正要進宮的大臣，接著親自率領著東宮衛士入宮（封建時代太子住的地方叫做「東宮」），然後親手殺了父親，手段還非常殘忍。

緊接著，楊廣又殺掉包括大哥楊勇在內的其他兄弟，登上了皇帝的寶座，是為隋煬帝。這年，楊廣三十五歲。

隋煬帝生性殘酷，先是用了不正當的手段奪取太子身分，又弒父自立，如願以償當上了皇帝之後，因大權在握，更肆無忌憚，獨斷專行，殘害忠良，自稱「性不喜人諫」，用白話來說，就是「我天性就是不喜歡聽人家什麼規勸」，凡是勸諫他的那些正派的臣子，只要膽敢開口勸上兩句，下場都很淒慘，不是殺頭就是丟官，就連他的好夥伴張衡也不能倖免。

隋煬帝一即位就大興土木，營建東都，開鑿運河，築長城，挖長塹……這麼多的工程同時進行，每一項工程都是工期緊迫，不顧農時，嚴重破壞了生產。何況，如果說以上這些工程都還有一些政治、經濟或軍事上的作用，特別是運河的開鑿以及所形成的運河網，對於全國性的發展是有積極性的意義，但大肆修建皇宮御苑以及歲歲巡遊，就完全只是為了滿足隋煬帝個人貪圖享受的私欲，對國家來說簡直毫無正面價值，卻帶給老百姓多麼沉重的負擔！當時全國人口八百九十萬戶，人口五千萬，其中丁男約一千萬，而時常勞役征發總在兩、三百萬以上，占總成丁的三分之一。如此濫用民力，實在是比以往歷史上任何一個國君都有過之而無不及。隋煬帝在位才十幾年，就把隋文帝留下來的基業敗個精光。

更要命的是，隋煬帝還好大喜功，三征高麗，窮兵黷武，都無功而返，直接加速了隋朝的滅亡。

想想實在是非常可惜，隋王朝統一南北，是一個新興的王朝，隋文帝開明納諫，影響所及就是國泰民安的開皇之治。照說能力不差、能文能武、甚至可以說還頗有軍事統帥風度的隋煬帝，隋朝在他的手上應該是更上一層樓，會比隋文帝時期更加富強才是，然而事實卻是隋王朝的命脈就這樣活生生的斷送在隋煬帝的手上，這個讓老百姓恨得牙癢癢的皇帝就這樣成為了亡國之君。

西元616年七月，此時整個王朝已經因為造反頻仍而危在旦夕，可隋煬帝還是執迷不悟，再次巡幸江都（現在江蘇省揚州的江都市，是隋朝的經濟中心之一）。這已經是隋煬帝第三次下江南，結果他所坐的龍舟還未到江都，北方的歸路就已經被起義軍切斷。兩年之後隋煬帝被禁軍統領宇文化及殺害，享年五十歲。立國僅三十八年的隋王朝也隨之滅亡。

在隋朝以後，唐宋以及各朝都對隋朝大運河進行了不同程度的疏通和修整，尤其是在元朝進行了大規模的開鑿和疏補，形成了現代所看到的京杭大運河。

貞觀長歌

唐太宗李世民

（西元599—649年）

李世民是唐朝第二任皇帝，卻是唐朝最重要的實際締造者。

他的父親李淵，生於北周一個高級貴族家庭，是隋文帝楊堅的姻親，楊堅建立隋朝以後，李淵跟隨楊堅，成為隋朝重臣。隋末天下大亂，各地造反頻仍，西元617年春天，原本一直猶豫不決的李淵，在長子李建成和次子李世民的強烈慫恿下，在晉陽殺了隋煬帝派來監視自己的大臣，並與突厥結盟，也打出了反隋的旗號。這就是歷史上所稱的「晉陽起兵」。這年李世民十八歲。

一年左右，李淵進入長安，立隋代王楊侑為帝，就是隋恭帝，遙尊隋煬帝為太上皇。此時李淵無異是「挾天子以令諸侯」，牢牢控制著楊侑這個傀儡皇帝。不久，得知隋煬帝被殺，李淵就逼隋恭帝禪位，即位稱帝，建立唐朝。

這個時候隋將仍紛紛在各地割據稱雄，農民起義軍亦稱霸一方，全國處在一個四分五裂的狀態之下，因此李淵稱帝後，就即刻展開統一全國的戰爭（主要就是命李世民擔起總指揮的重任），後來經過了十年的時間終於完成了統一的目標。

在即將統一的前兩年（西元626年），發生了令人震驚的「玄武門之變」，李世民在截獲哥哥李建成和弟弟李元吉要對自己不利的重要情報之後，鐵了心先下手為強，殺了他們。哥哥李建成還是在策馬奔逃中被在後頭追趕的李世民親手一箭射死的，弟弟李元吉則是被李世民的心腹尉遲敬德所殺。

誕生在世代顯赫的將門之家，李世民從小就受到家庭崇尚武事的熏陶，於少年時期就養成「善於騎馬，好弄弓矢」，練就了一身的好武藝，同時還熟讀《孫子兵法》，能夠非常老練的用孫子之言和父親李淵討論種種用兵布陣的策略。此外，他從小隨父親職務調動到過不少地方，也逐漸培養出豪放剛烈的性格，遇事總能保持冷靜，果斷處置。

從晉陽起兵開始，一直到統一全國，出力最大的就是李世民，甚至在起兵之初，一被隋將宋老生堵住，李淵馬上失去了信心，在這個緊要關頭，年紀輕輕的李世民站了出來，情緒激動的力阻想要打退堂鼓的父親，並且力勸父親一定要堅持下去，然後毅然一肩扛下重任，不久就率眾打敗了宋老生。

對於李淵父子來說，這是關鍵性的一戰，李世民在激戰中不僅指揮若定，還身先士卒，表現得十分英勇，戰袍都被鮮血給染紅了。

李淵稱帝之後，李世民被任命為尚書令，改封秦王，緊接著李世民就承擔起統一全國的戰爭，憑著過人的膽識以及高超的軍事指揮才幹，步步為營，捷報頻傳，與此同時，威信日高，權力日重，不可避免引起了大哥李建成的嫉妒和警覺，深恐這個功業彪炳的弟弟很快就會威脅到自己這個太子的地位。於是，以李建成為首的「太子黨」，和以李世民為首的「軍功黨」，互相提防，明爭暗鬥，情勢愈演愈烈，終於在西元626年以「玄武門之變」這個人倫悲劇作為結束。

兩個月後，李淵被迫退位，二十七歲的李世民隨即登基為皇帝。也就是說，當他開始指揮和領導統一戰爭的時候還是秦王，可是在統一全國的目標完成的那一天，他已經是唐太宗了。

李世民即位之初，中央政權的基礎還不十分穩固，他接受了尉遲敬德所提出的「若殺人太多，不利於天下安定」的建議，對於那些原本隸屬于東宮的人都採取了寬大的處理，既安定了人心、展現了自己的胸襟，也確實網羅了不少難得的人才。著名的諫臣魏徵，原本就是為李建成效命的。

在穩定局勢的同時，李世民著手整頓父親在位時的宰相班子，以知人善任的原則，逐步建立起以自己為核心的最高決策集團，為朝廷注入一股蓬勃的朝氣。隨後他又對中央機構進行一系列的改革，改造了三省六部制，一方面鞏固了自己的地位，一方面也為唐朝的宰相制度以及開創貞觀之治的新局面奠定了基礎。

西元649年唐太宗過世的時候年紀並不大，享年僅五十歲。他在位二十三年，「貞觀」是他唯一使用過的一個年號，「貞觀之治」是歷史上著名的盛世，是唐太宗吸取隋朝滅亡的教訓，以虛懷納諫、任用賢才為原則所取得的成就。太宗採用魏徵的意見，定出「偃革興文，布德施惠，中國既安，遠人自服」的治國方針，革除隋末許多弊政，勵精圖治，制定出涉及政治、經濟和軍事等等一整套完整的制度。大唐王朝在太宗的統治下，社會安定，生產迅速恢復，呈現出一片難得升平的景象。

除此之外，唐太宗還銳意開拓，破突厥，解除了長達幾十年來的北方邊患，又平定高昌，西和吐蕃，建立了強大的帝國。唐代的版圖大於秦漢，無怪乎史家都說唐太宗的赫赫武功，可與秦始皇、漢武帝相媲美，而文治就比秦始皇、漢武帝要更加出色。

然而可惜的是，史家普遍認為西元643年，唐太宗四十四歲那年，是一個評價唐太宗的重要分界點，從這個時候開始，英明的唐太宗，竟也不能免俗，從一個曾經的「納諫明君」一步步走上了剛愎拒諫的道路，使得貞觀前期和後期出現了明顯的不同。

最典型的例子就是唐太宗堅持遠征高麗。當年唐朝建立以後，與高麗互相釋放前朝（也就是隋朝）交戰時的俘虜和流民，各有數萬人，之後雙方就保持友好往來。朝鮮半島有高麗、新羅和百濟三個國家，彼此之間經常打來打去，貞觀前期唐太宗與三個國家都保持友好關係，不輕易介入朝鮮半島的內戰，貞觀十七年（西元643年），新羅向唐太宗發出求救信，說受到高麗與百濟的聯合侵擾，要求唐太宗派兵干預，此時魏徵已經死了，房玄齡直諫，說師出無名，難以取勝，就算取勝，也是「所得者小，所失者大」，划不來，可唐太宗就是聽不進去，竟然忘了前朝隋煬帝，就是因為三伐高麗，直接導致隋朝滅亡的教訓，而步上隋煬帝的後塵，走上窮兵黷武的道路。

在貞觀十九年、二十一年、二十二年，連年勞師動眾討伐高麗，結果果真就如房玄齡預料的那樣兵敗而回。唐太宗不甘心，下令在江南造船，還是執意要去打高麗，只不過這回在貞觀二十三年，戰船還沒有造完，唐太宗就因追求長生不老服食丹藥而中毒暴斃了。

值得一提的是，臨終之前，這位了不起的皇帝還是正視和承認了自己的缺失，相當難能可貴。

一代女皇 武則天

（西元624—705年）

武則天是中國歷史上第一個、也是唯一一個女皇帝。

歷來總有很多人喜歡把武則天與清末的慈禧太后相提並論，她們倆相差一千兩百年，在性格上都頗為心狠手辣，實際掌權都近半個世紀，影響歷史都極為深遠，但實際上慈禧太后完全不能跟武則天相比。

有兩個最重要的原因，首先，慈禧從未稱帝，武則天則不僅稱帝，還改了國號，把唐改為周，史家把這一段為期十六年的歷史稱為「武周」；其次，慈禧只能算是一個陰謀家，整死幾個皇室成員她很拿手，在政治上卻毫無統治才幹，偏偏又身處一個特別的時代，結果老百姓就倒楣了，國家在她的手裡被折騰得一塌糊塗，在她死後僅僅三年，大清王朝就亡了。而武則天卻絕對堪稱是一位少有的非常出色的政治家，在位期間頗有作為，她一方面維持了貞觀盛世的升平，一方面也為不久之後的開元盛世奠定了良好的基礎，可說發揮了很好的承上啟下的作用。開元盛世之後雖然爆發了安史之亂，可唐朝在武則天過世之後還延續了兩百年左右。正因為這些原因，慈禧在歷史上的評價是禍國殃民，武則天這個皇帝其實到是做得相當不錯。尤其是武則天頗能納諫，很多人都讚美她，雖然是一介女流，卻頗有當年唐太宗之風。

武則天的一生，非常傳奇。她本名曌，祖籍是並州文水（今天山西省文水縣東），出身寒門庶族，自幼才貌出眾，還精通文史，機敏過人。西元637年，由於長孫皇后過世，在大臣們的建議下，三十八歲的唐太宗舉行了一次全國性的選美，年方十四的武則天就在這個時候被召進了宮，被立為「才人」，賜號「武媚」。

皇帝的後宮佳麗分為好幾個等級，最高一級自然是皇后，而「才人」是相當低的一級。在唐太宗去世之前，武則天侍奉了太宗十二年，太宗雖然也滿喜歡武則天，但由於很早就覺察出武則天不僅天資聰穎，頗有見識，性格還非常剛毅果斷，並頗具政治才能，不是一般的女人，因此始終沒有把武則天升級，有意限制她的「發展」，防止她有機會進入權力中心。

太宗對於武則天的防堵是有效的，但偏偏後來一場宮廷鬥爭，破壞了太宗的計畫。

事情是這樣的，太宗萬萬沒有想到太子李治竟然早就暗中鍾情於武則天，在太宗駕崩以後，武則天按後宮規矩和眾嬪妃一起被送去感業寺，被迫當了尼姑，可已經即位為皇帝的李治（就是唐高宗）居然還是經常去感業寺探望她。

不久，這個事被王皇后知道了，頓時心生一計，想要「借刀殺人」；此時在高宗的後宮佳麗中最受寵的是蕭淑妃，王皇后因自己沒有生育而非常妒恨蕭淑妃，深恐蕭淑妃會威脅到自己的地位，就想利用武則天來打擊蕭淑妃。於是，王皇后派人悄悄跑到感業寺，要武則天祕密蓄髮，然後又慫恿高宗把武則天接回宮中，想要讓武則天分散高宗對蕭淑妃的注意力。

這對於武則天來說，真是時來運轉，天賜良機。返回宮中之後，她小心翼

翼，盡可能以謙卑無比的態度對人，很快就獲得眾人交口稱讚，特別是還贏得了高宗的歡心，不久就被冊封為「昭儀」。這個等級比起當初的「才人」已經高出許多，但是武則天當然不會滿足，她的目標是

要當皇后。

在封建時代，廢太子、廢皇后都不只是皇帝的家務事，同時也是國家大事，所以，在輕鬆除掉了蕭淑妃之後，武則天用了很多手段來對付王皇后，先是誣告王皇后殺死她的女兒，又誣告皇后同她的母親用巫術來詛咒皇帝，高宗信以為真，儘管大臣長孫無忌、褚遂良等等都

極力阻止，可是高宗都不聽，終於在西元654年，下詔廢王皇后，立武則天為皇后。對於王皇后來說，這可真是狠狠的「搬了石頭砸自己的腳」啊，對於武則天來說，這一年她三十歲，在世人眼裡，已經達到一個女性人生的巔峰了，然而，高宗怎麼都沒想到，武則天的野心竟然還遠遠不止於此。

自從貴為皇后，武則天就開始公開參與朝政，權勢日重，高宗對此情況愈來愈不滿，在忍耐了將近十年以後，西元664年，高宗有過一次反抗，與上官儀等大臣密謀要廢掉皇后，不料事機不密，被武則天察覺，及時果斷出手，將之破局，上官儀因此下獄，繼而被處死。從此，再也沒有臣子敢再與她作對，每逢高宗上朝，武則天就堂而皇之的坐在後面垂簾聽政，朝中大權全被皇后把持，群臣甚至開始將帝后二人稱為「二聖」。

接下來武則天花了將近三十年的時間，一方面培植自己的親信勢力，一方

面將自己的親生兒子逐一廢黜，以便自己有朝一日能夠順利登上帝位。

武則天生了四個兒子，依次為李弘、李賢、李顯和李旦。太子李弘因為非常仁孝，監國時甚得民心，高宗甚至表達過想遜位於太子，這使得武則天非常忌恨，竟毒死了李弘。李弘死後，次子李賢為太子，高宗又命李賢監國，而李賢同樣受到大臣們的擁戴，這下他也慘了，又被母親廢了，幸好還保住了一條命，在被廢為庶人的同時被趕出了京城。接下來，武則天立第三子李顯為太子。

西元683年，高宗駕崩，李顯即位，史稱唐中宗。其實李顯比較柔弱，則天太后臨朝稱制，照說中宗不會礙到武則天什麼事，但是中宗只在皇帝寶座上坐了兩個月，就被廢為廬陵王，幽禁於深宮。緊接著，武則天改立小兒子李旦為皇帝，史稱唐睿宗。

武則天雖然讓李旦繼承皇位，但非常無理的不讓他參與政事，完全由她自己臨朝專政。此時五十九歲的武則天已經在為改朝換代、自己來當皇帝做準備。

朝廷上很多人都嗅到了這樣的政治氣息，非常不滿，於是，一群曾經遭到貶抑的官吏公開發難，西元684年，柳州司馬徐敬業等人在揚州起兵，打出了反武的旗號，很快就號召了十幾萬人。武則天立刻派出三十萬大軍前往鎮壓，將之擊潰，徐敬業也被部將殺害。

鎮壓叛亂之後，武則天就加快了稱帝的步伐，又花了六、七年時間的準備，基本消除了所有反對的聲音，且營造出「天命難違」的神祕氣氛之後，西元690年，六十六歲的武則天認為時機終於成熟，便廢了睿宗，自稱「聖神皇帝」，還改國號為周，建都洛陽，史稱武周。

客觀來說，其實武則天的施政能力還是相當不錯的，在她實際掌權的近半個世紀中，不但海內富庶，版圖擴大，使唐太宗貞觀時期所取得的統一和強盛得到了更進一步的鞏固，也為後來唐玄宗的開元盛世奠定了堅實的基礎。

神龍元年（西元705年），張柬之等發動宮廷政變，逼武則天還政於中宗，尊號為「則天大聖皇帝」。同年冬天，武則天就過世了，享年八十二歲。辭世前，她留下遺詔，說要去帝號，要大家以後還是稱她為「則天大聖皇后」，並且囑咐兒子李顯為她樹碑但不需立傳，留下了「無字碑」，意思是「一生功過要留給後人去評說，自己不必吹噓」，相當有氣魄。

武則天死後，仍然受到李氏子孫的尊崇，她的靈牌也始終被供奉在李氏太廟裡。

風流天子

唐玄宗李隆基

（西元685—762年）

李隆基是唐高宗和武則天的孫子，唐睿宗李旦第三個兒子。他是一個非常「好命」的皇帝，因為他所接過來的是經過前面唐太宗、武則天等人花了幾十年勵精圖治所打造出來的大好江山，只要不是一個昏君，應該不管誰都能在這麼難得的基礎之上繼續發揚光大。

當初隋朝的開局也很不錯，可惜就是因為第二任皇帝隋煬帝是一個昏君，沒有好好珍惜上一輩留下來的良好資產，這才硬生生把隋朝弄成了一個短命王朝。

然而，唐玄宗李隆基在位四十四年，是唐朝在位時間最久的一個皇帝，唐朝在他手上國力達到頂峰，可同樣也是在他手上開始逐步走下坡。在他任內發生的安史之亂，對唐朝造成了傷筋動骨般的嚴重傷害，可以說是導致唐朝滅亡的關鍵因素。

李隆基登基做皇帝的時候是二十七歲，他不是在一般正常情況之下登基的；別說他原本根本不是太子，即位時他的父親唐睿宗李旦也還健在，只不過是因為僅僅做了兩年左右的皇帝就不想做了，於是便把皇位讓給兒子。（其實李旦之前也在皇帝的寶座上做過六年的傀儡皇帝，直到母親武則天即位稱帝才被降為皇嗣。）

事情還得從武則天晚年開始講起。西元705年，宰相張柬之等人發動政變，擁唐中宗李顯復位，病榻中的武則天被迫遜位。然而，李顯懦弱無能，在武則天過世後，短短幾年朝政大權就慢慢落到了韋皇后和安樂公主母女倆的手中，張柬之等恢復李唐政權的功臣都被貶官遭到驅逐，太子李重俊還被殺害。

西元710年，中宗終於死於韋皇后和安樂公主之手，被她們聯手毒殺。接下來，韋皇后就想效法婆婆武則天當年的做法，也做一個女皇，其他皇室成員自然不允許這樣的情況發生，為了防止唐朝出現第二個女皇帝，太平公主（武則天的女兒）和兒子薛崇簡、侄子李隆基等人密謀策畫，打算先發制人，發動政變。

在行動之前，有人建議李隆基向相王李旦報告，被李隆基拒絕。李隆基表示，自己是為了國家、為了拯救社稷才參與這樣的行動，成功了福祉歸於宗廟與社稷，若是失敗就算他死了也是因忠孝而死，無所怨尤，而與此同時因為父親並不知情，也就不會連累父親。

於是，西元710年六月下旬一天深夜，李隆基率眾衝入後宮，將韋后亂刀砍死，韋氏的黨羽安樂公主、上官婉兒等人也都先後遭到誅殺。不久，在李隆基的威逼之下，在位不到一個月的少帝李重茂不得不宣布退位，將皇位讓給相王李旦。李旦就這樣回鍋又做了皇帝，而李隆基則因為有功被封為太子。

原本事情發展到這裡，李隆基已成為未來的皇位繼承人，將來在父親唐睿宗李旦百年之後，天下就是他的，沒想到在剷除了韋后之後，太平公主仗恃著擁立唐睿宗有功，經常干預政事。很多人漸漸發現，身為武則天女兒的太平公主似乎頗有乃母之風，在政治上也是志向遠大，可是卻缺乏政治才幹，和她的母親比起來相差甚多。太平公主也感到太子李隆基非常精明能幹，嚴重妨礙自己參政，因此很想換掉李隆基，另立太子。李隆基自然是不會任憑姑姑擺布，就這樣，這對姑侄之間的矛盾與鬥爭與日俱增，在西元711年太平公主竟公然明目張膽的勸告宰相更換太子，雖然遭到拒絕，可面對如此一副山雨欲來風滿樓的局勢，唐睿宗深感不安，翌年不顧太平公主的反對，乾脆把皇位讓給太子李隆基，自己躲到一邊去，讓這個能幹的兒子傷腦筋去吧。

李旦讓位給李隆基，此舉當然引起太平公主極大的不滿，但也無可奈何，只得對剛剛登基的李隆基步步進逼，盡量找麻煩。李隆基年紀雖輕，卻很沉得住氣，面對這個咄咄逼人的姑姑，先採取退讓的態度，不讓矛盾激化，實際上是在暗中積蓄自己的力量。後來，花了一年的時間，李隆基感到自己的帝位已穩固，這才發起反擊，徹底消滅了太平公主黨羽。經過幾年下來的宮廷內鬥，唐玄宗李隆基在二十八歲那年終於取得了全部的權力。

解決了宮廷內鬥，唐玄宗立即把心力投入到改革弊政。他非常注重任人唯賢，所任命的宰相大都成為了有名的政治家，比方說姚崇、宋璟、張說、韓林、張九齡等等，在這些賢相盡心盡力的輔佐之下，共同創建了開元盛世的良好基業。

唐玄宗不僅在文治上取得了傑出的成就，在武功方面的成績也相當出色。譬如統一了長城以北，並轉向西北打敗並俘虜了突厥可汗，使淪陷了三十七年的碎葉鎮又歸唐政府所管轄。然後還重新打通中亞的通道，不僅維護了國家的統一，對於對外經濟文化的交流也非常有利。

這個時期的李隆基真可稱得上是一位千古稱頌的明君，然而這樣歌舞升平的太平景象使得他逐漸失去了銳意進取的精神。

一般而言，史家都把西元742年，年號從「開元」改為「天寶」的這一年，視為唐玄宗的一個分水嶺，這年唐玄宗五十七歲，在此之前，他勵精圖治，之後就漸漸墮落成一個昏君。

其實在開元末期，唐玄宗的頹廢已經看得出一些端倪，其中有一個標誌性的事件就是西元736年、唐玄宗五十一歲的時候，楊貴妃進宮。

楊貴妃原本是唐玄宗的兒媳，但是唐玄宗非常喜歡她，而在專寵楊貴妃之餘，唐玄宗也錯誤的「愛屋及烏」，把楊貴妃的哥哥楊國忠提拔為「一人之下，萬人之上」的宰相，在開元末期唐玄宗因為任用了奸臣李林甫，政風已經大不如前，楊國忠的得勢就更是雪上加霜，使得大唐王朝的政治更加昏暗。

西元755年，由胡將安祿山發動的「安史之亂」，為期八年，是唐朝由盛而衰的轉折點。而在安史之亂爆發後的第二年，唐玄宗經歷了雙重打擊；一方面在路過馬嵬坡時，由於大批士兵譁變，李隆基不得不忍痛把楊貴妃賜死，另一方面太子李亨還在靈武稱帝，把逃亡途中的唐玄宗尊為「太上皇」，唐玄宗李隆基就這樣糊里糊塗的退位了。又過了六年左右，唐玄宗就病死了。

千古詞帝

南唐後主李煜

（西元937—978年）

唐朝享國289年，在唐玄宗李隆基之後又歷經一百多年、好幾任皇帝。安史之亂過後因為藩鎮割據、宦官專權，國力日衰，唐末幾乎到處都有農民起義事件，讓唐朝朝廷疲於應付，而為期六年、採取流動作戰、轉戰近半大唐江山的黃巢之亂更是讓唐朝奄奄一息，還讓宣武節度使朱溫藉著作戰有功，大幅擴充勢力，終於在西元907年逼唐哀帝禪位於他，稱帝建梁，史稱後梁，唐朝滅亡。

從這個時候開始，中國歷史就進入了「五代十國」時期（西元907—979年）。「五代十國」這個稱謂出自《新五代史》，是對「五代」（西元907—960年）和「十國」（西元902—979年）的合稱，這一段前後超過七十年的歷史是一段大分裂時期。

所謂「五代」，是指唐朝滅亡以後，在中原地區陸續更替的五個政權——後梁、後唐、後晉、後漢和後周。西元960年趙匡胤篡後周建立宋朝，「五代」結束，可與此同時，從唐末歷經五代一直到宋初，在中原地區之外還存在過許多割據政權，其中前蜀、後蜀、南吳、南唐、吳越、閩、楚、南漢、南平（荊南）、北漢等十幾個割據政權被《新五代史》及後世史家統稱為「十國」，這些政權後來基本上都被宋朝所統一。

在「五代十國」這麼多的皇帝當中，本篇就介紹一位比較特別的皇帝吧，這就是南唐最後一位皇帝、被後人稱為「南唐後主」的李煜。

相對於唐玄宗那樣「好命」的皇帝，李煜這個皇帝真是非常的時運不濟。

李煜的父親李璟不想當皇帝，李煜自己也不想當，然而父子倆都是迫於無奈被推上了皇帝的位子。李煜有五個哥哥，照說他應該是跟皇帝寶座無緣的，偏偏有四個哥哥都是早夭，還有一個——太子李弘冀——在毒死叔父不久之後暴亡，李煜就這樣變成了皇太子，然後在二十四歲那年於父親病死之後就登基做了皇帝，無疑是接過了一個燙手山芋。

其實南唐在開國皇帝李昪（也就是李煜的祖父）的治理之下，曾經發展成為當時中國經濟文化最發達的地區，可惜繼位者李璟別說原本就不想當皇帝，即使勉強做了皇帝，他也毫無政治才能，甚至不肯用父親所重用的那些元老大臣，反而用一些貪功逐利的小人，造成政風大壞，還胡亂對外用兵，失利之後損失了將近一半的國土，李璟在心灰意冷之餘下令去帝號、稱國王，西元961年趙匡胤篡位建宋之後，繼續向宋稱臣，不久就病死了。

李煜即位之後，面對強大的宋朝，只能咬著牙繼續稱臣，後來甚至主動貶損儀制（譬如，每次會見宋朝使者，都會把自己的龍袍換成紫袍，紫袍是官服），此時南唐在感覺上已經不像是一個國家，到像是宋朝中央政府下面的一個附屬機構，李煜不惜用這樣屈辱的方式來換取和平。

其實，對南唐的百姓來說，李煜稱得上是一個好皇帝，他愛民如子，即位之後很快便做出不少有利於百姓的舉措，比方說減免稅收、免除徭役，與民生息；取消前朝設置的諸路屯田使，將各郡屯田畫歸州縣管轄，將屯田所獲租稅的十分之一作為官員俸祿，稱為「率分」，這麼一來既增加了賦稅，又可使百姓安心耕作，免受官吏的騷擾；恢復井田制，創設民籍和牛籍，勸農耕桑，希望藉此緩解國難等等。然而，遺憾的是，新制頒布之後，因為觸犯了官僚地主的利益，遭到激烈的抵制與反對，終以失敗告終。

西元975年，李煜三十八歲那年，南唐國都金陵（今天的江蘇南京）被北宋軍隊攻陷，李煜出降，南唐宣告滅亡，享國三十八年。隨後李煜被押到北宋首都汴京（今天的河南開封）朝見宋太祖趙匡胤，趙匡胤對李煜這個亡國之君到也頗有慈悲之心，宣布赦免李煜，還封李煜為光祿大夫，享受王侯的待遇。可是這對曾經是一國之君的李煜來說，畢竟是一種猶如階下囚的日子，內心的悲涼可想而知，然而這樣的日子只過了短短幾年，等到趙匡胤死後也保不住了。

宋太宗趙光義十分猜忌李煜，懷疑李煜好像時時都想著有朝一日能復國，對李煜起了殺心，終於在即位翌年趁著李煜四十二歲生日那天賜李煜一杯毒酒，毒死了他。

李煜死亡的消息傳到江南，許多人都失聲痛哭。老百姓想到的都是李煜的好，包括李煜在位十四年間為政十分仁慈，每當有死刑論決莫不垂淚，憲司章疏如有過錯就寢食難安，並多次親自去大理寺審查獄案等等。

一般而言，亡國之君總會遭到後世嚴厲的批評，但後人對於李煜卻普遍抱持著比較包容的態度，主要原因是，李煜繼位時南唐的國勢已經非常衰敗，當時整個歷史形勢又是朝著宋朝統一的方向前進，李煜即使有些才幹，也不是一個昏君，仍然無力回天。

據說趙光義在還沒有殺李煜之前，曾經問過一位南唐舊臣潘慎修：「李煜果真是一個暗懦無能之輩嗎?」潘慎修的回答是:「如果他真的是無能無識之輩,何以能守國十餘年?」確實如此。學者徐鉉(西元916—991年,五代至北宋初年文學家、書法家)是這麼評價李煜:「敦厚善良,在兵戈之世,而有厭戰之心,雖孔明在世,也難保社稷;既已躬行仁義,雖亡國又有何愧!」

李煜多才多藝,工書善畫,能詩擅詞,通音曉律,尤其在詞的成就上最大,不僅擴大了詞的表現領域,突破了以往男女情愛的範疇,而觸及到感時傷懷等較具深度的主題,語言也非常自然、精練,極富表現力和感染力,譬如這首《虞美人》就是李煜的傳世名作。

春花秋月何時了,往事知多少?

小樓昨夜又東風,故國不堪回首月明中。

雕欄玉砌應猶在，只是朱顏改。
問君能有幾多愁？恰似一江春水向東流。

李煜的詞在晚唐五代詞作中可說獨樹一幟，對後世詞壇影響深遠。李煜出生和死亡都是同一天，這位生於七夕也死於七夕的皇帝，最終是以藝術家的身分在歷史上留名，實在是相當罕見。

承先啓後
北宋太祖趙匡胤

（西元927—976年）

若要列舉中國歷史上極為了不起的皇帝，有四位是一定會被大家提到的，那就是秦始皇、漢武帝、唐太宗和宋太祖，因此才會有「秦皇漢武，唐宗宋祖」這樣的說法。這四位皇帝，我們已經認識了前三位，現在要介紹的是宋太祖趙匡胤。

宋朝歷時319年，雖然因外患中斷過，被後世史家分為北宋與南宋，不過這是後話，西元960年，三十三歲的趙匡胤「陳橋兵變」，登基稱帝，廢了後周而建立宋朝，史稱宋太祖。

傳說趙匡胤在出生的時候，屋內不僅滿是赤紅的光芒，還充斥著一股奇異的香味，經過了一整個晚上都未散去，所以他有一個可愛的小名叫做「香孩兒」。

香孩兒漸漸長大，很喜歡看書，總是手不釋卷，而且容貌威武，器度豁達，不少長輩都說這個孩子不一般，長大之後一定大有出息。

趙匡胤出身於軍人家庭，是中國歷史上唯一一位即位前是職業軍人的皇帝，然而關於他的從軍有兩個民間故事，卻暗示著其中有些偶然的因素。其一還有些文藝色彩，這就是「千里送京娘」的故事。

話說趙匡胤在年少時因得罪官府而闖蕩江湖，路過華山從一群強盜手中救下一個苦命的女子趙京娘，然後十分義氣千里迢迢的護送京娘回家。趙匡胤大概是為了避免路上別人會議論（陌生男女竟然同行，不合禮法），又看兩人都姓趙，本來就是同宗，於是就與京娘結為兄妹。途中京娘對這位義兄（按今天的大白話來說就是乾哥哥）愈來愈愛慕，便鼓起勇氣向趙匡胤表白，然而趙匡胤卻認為施恩圖報非君子所為，如果接受了京娘的愛意，那自己跟那些想要欺負京娘的強盜有什麼差別？於是就婉拒了。沒想到京娘居然因此投湖自盡，趙匡胤遂在悔恨中從軍。日後在他登基後，還追封趙京娘為「貞義夫人」。

其二，是說在後漢初年，年輕的趙匡胤到處遊歷，一次在襄陽一座寺廟借住，寺廟裡的老和尚善於看相，看到趙匡胤後便告訴他：「你往北方去吧！一定會有一番奇遇的。」趙匡胤聞言果真就一路往北，於乾祐元年（西元948

年）投身後漢樞密使郭威帳下，這年趙匡胤二十一歲。後來他參與征討河中節度使李守貞，屢立戰功。

實際上趙匡胤從小就文武雙全，不但書讀得很好，在習武方面也有不凡的天賦。由於家道中落，新婚不久就不得不離家去投奔父親過去的老友，但是都遭到了冷遇，直到投奔郭威，成為郭威的部屬以後，憑著自己的才幹和勇氣，才逐漸闖出一點名堂。

三年之後，掌握後漢軍權的郭威，謊稱遼軍南犯後漢，率著大軍北上抗遼，結果軍至澶州（河南濮陽），將士們將黃袍披在郭威身上，擁立郭威為帝，國號周，就是後周。後漢滅亡。

在中國歷史上的皇位繼承中，一般都是「父死子繼，兄終弟及」，偶爾皇位會傳給同姓家族中的堂兄弟或養子等等，總之不管怎麼傳都不可能傳給外姓，只有後周的周太祖郭威竟然把皇位傳給內侄柴榮是唯一的例外（不過也有柴榮是郭威養子一說）。

柴榮相當優秀，即位之後把後周國力發展得蒸蒸日上，可惜死得太早，死的時候才三十九歲，假設柴榮不是如此短命，後來能否輪到趙匡胤登上歷史的舞臺就未可知。不管怎麼說，柴榮無異於是為趙匡胤的北宋留下了大好基業。

西元959年，柴榮病逝，年僅六歲的柴宗訓即位，百官均得以加官進爵，趙匡胤被任命為宋州節度使，進封開國侯，掌握禁軍兵權。翌年，契丹聯合北漢大舉進犯，趙匡胤率軍出戰，軍隊剛到陳橋，將士們就將黃袍披到趙匡胤的身上，於是趙匡胤仗也不打了，馬上調轉馬頭率軍返回開封，逼迫柴宗訓禪位，後周滅亡，史稱「陳橋兵變」，簡直就是九年前郭威稱帝的翻版。

此時整個中國還處於嚴重四分五裂的局面之下，宋的版圖只占有中原黃河一線，北有契丹和北漢，南有南唐等六、七個國家，趙匡胤深知這樣的局面不可能長久，事實上這也就是五代政權頻繁更迭的原因之一。周世宗柴榮曾立志要統一天下，不幸早死，壯志未酬，他的未竟事業就落到了趙匡胤的身上。

趙匡胤自登基後的第四年便開始了統一全國的戰爭。他改變了周世宗的作戰方針，制定了「先南後北，先易後難」的統一原則，最後用了十三年的時間，統一了除北漢之外的所有地區，基本上恢復了完整的版圖。

趙匡胤在位十六年，可以說絕大部分的時間和心力都用在統一戰爭上，他的統一天下，一方面靠武力，一方面靠攻心，而最終能夠結束長期以來的戰亂分裂，統一大半個中國，正是趙匡胤一生最大的功績。同時，為了長治久安，趙匡胤巧妙的藉由削弱相權等一系列措施來加強中央集權，並且進行政治、經濟、軍事等多方面的改革，革除了五代弊政，使國家呈現出和平、安定的局面。在中國歷史上，趙匡胤是一個承先啟後的重要人物。

尤其值得一提的是，儘管趙匡胤是武將出身，但他不喜歡用武力方式來解決問題。比方說，他擔心「陳橋兵變」的戲碼不知何時會再度上演，但是他不想誅殺功臣，於是就在酒宴上、在談笑之間解除諸多將領的兵權，解決了自唐朝中葉以來地方節度使擁兵自重的局面，這就是有名的「杯酒釋兵權」的故事；又如設立「封樁庫」來貯存錢、帛和昂貴的布匹，計畫有朝一日能夠贖回之前被後晉高祖石敬瑭獻給契丹的燕雲十六州；就連看到大臣們在上朝的時候會交頭接耳、竊竊私語，趙匡胤雖然心裡不高興，表面上卻沒動怒，只是下令將官帽改良，在兩側各加上一根像飛簷式的「角」，這麼一來以後大臣們就不

方便說悄悄話了，有效保持了朝堂的嚴肅性。

基本上，趙匡胤奉行的理念是「文以靖國」（「靖國」是「使國家安定」的意思），澈底扭轉了唐朝末年以來武夫專權的黑暗局面，使宋朝的文化空前繁榮，然而過分加強皇權、削弱軍隊、重文輕武的結果，造成不僅政府官僚化，軍隊也毫無戰鬥力，最終直接導致了北宋的積貧積弱。

逃跑皇帝

南宋高宗趙構

（西元1107－1187年）

趙構雖然是南宋的開國皇帝，但他被後人記住的最大原因不是因為這個，而是他指使秦檜害死了抗金名將岳飛。多少年來，原本世人都痛恨奸臣秦檜害死岳飛，但是後來大家終於漸漸想明白了，其實如果不是皇帝授意，岳飛怎麼可能會冤死？

那麼，堂堂一個皇帝為什麼要置忠良於死地？這就涉及趙構是怎麼當上皇帝的了。

西元1125年，金滅了遼（契丹）之後，立即順勢南下，大舉攻宋，把當時在位、成天只會題詩作畫的宋徽宗趙佶嚇得魂飛魄散，在不知道如何是好的情況之下，竟然做了一個很不負責任的決定，就是趕緊將皇位傳給二十五歲的太子趙桓（就是宋欽宗），把這些國家大事讓兒子去傷腦筋，自己則升任太上皇去了。

翌年正月初七，金兵逼近京城汴梁（今天的河南開封，另，按地理位置來說因為開封在東，洛陽在西，所以開封在宋朝時又稱「東京」）。年僅十九歲的康王趙構（宋欽宗的弟弟，宋徽宗的第九子），兩次被派去金營求和，第一次是有驚無險的逃了回來，第二次則是在半路就收到情報，說金軍根本不想議

和，而是想滅了宋朝，要求康王趙構立即前往相州，召集軍隊，牽制金軍。

趙構就這樣去了相州。此時，京城汴梁已經危在旦夕，宋欽宗下令各地兵馬勤王（「勤王」的意思是君王有難，臣下起兵救援），於是趙構就打著勤王的名義在相州積極的招兵買馬，稍後率軍出擊，攻到大名府（今天河北大名縣東），名將宗澤、梁揚祖也先後率著大隊兵馬前來會合，一時之間聚集起來的抗金軍隊有近十萬之多，可是趙構的行動十分消極，只是率兵在京城附近轉來轉去，始終不敢與金軍較量，西元1127年，就這樣眼睜睜看著金軍攻入京城，然後押著宋徽宗、宋欽宗以及親王、后妃、皇孫等等多達三千多人，和大量的皇室物品北去，北宋宣告滅亡。這就是岳飛在《滿江紅》中所說的「靖康恥」，「靖康」是宋欽宗所使用的年號。

噩耗傳來，趙構決定移師應天府（今天的河南商丘，因為按地理位置在開封之南，所以在宋朝被稱為「南京」），隨後在此即位，南宋開始。

其實，此時各地軍民都積極展開抗金戰役，然而年輕的趙構從即位之初就打著想要南逃的念頭，西元1128年春天，不顧大家的反對，執意南逃。當他所坐的船一離開應天府，京師軍民聞訊都大哭不止，人人都明白恢復無望了。

趙構往南到了揚州以後（這裡所說的「揚州」不是指今天的江蘇省揚州市，而是指一個廣泛的地理概念，範圍相當於淮河以南的中國東南地區），就開始過起了醉生夢死的生活，完全不管當時金兵大舉南侵，直到差不多一年以後，金軍逼近揚州，趙構才又慌忙逃往更南邊的臨安（今天的浙江杭州）。途中，迫於朝野上下一致的聲討，趙構不得不忍痛罷免了兩個奸臣。不久，宋軍在名將陳彥的率領之下，渡江打敗了金軍，收復了揚州，南宋小朝廷才總算在杭州暫時安頓下來。

緊接著，也是在輿情的壓力之下，趙構從杭州北進江寧府（今天的江蘇南京），並改江寧為建康府。可是沒過多久，同年六月當金軍再次舉兵南侵時，趙構又嚇得從建康逃回臨安，後來甚至還逃到海上待了好長一段時間，直到確定金軍退走，才結束了海上朝廷的生涯，返回大陸，西元1132年，南宋朝廷才又重回臨安。

就這麼一個動不動就逃走，甚至還會逃到海上的皇帝，怎麼可能有那個膽子和骨氣和金軍「作對」？更何況若一旦真的把他的父親徽宗和哥哥欽宗救了回來，皇位是不是要還給哥哥，那他這個皇帝不是就做不成了？就在這樣的私心作祟之下，趙構可以說從未想過要一雪「靖康恥」，金軍剛退，就忙不迭的命秦檜加緊與金議和，除非金軍再度南下，他才會在軍民同仇敵愾的重壓下假惺惺的假裝要抵抗。

岳飛的岳家軍原本是多麼的勢不可擋，在取得著名的「郾城大捷」以後，連金軍都發出「撼山易，撼岳家軍難」的感嘆，可就在岳家軍已經直撲開封，眼看就可望收復故都的時候，趙構竟然每天連下十二道金牌勒令岳家軍立即撤兵。岳飛接到班師回朝的命令，留著眼淚悲憤的說：「十年之功，廢於一旦！」

可是在封建社會，君臣關係是「五倫」之首（所謂「五倫」是五種人倫關係，也就是君臣、父子、兄弟、夫婦、朋友，對應的言行準則是忠、孝、悌、忍、善），對於像岳飛這樣的忠臣，皇帝的命令是不能違抗的，只得照辦。

接下來，為了討好金人，在趙構的指使之下，秦檜指控岳飛「策動兵變，企圖謀反」，將岳飛逮捕下獄，並於西元1142年除夕夜，以「莫須有」的罪名，將一代名將岳飛殺死在獄中。「莫須有」就是「也許有」，其實就是無中生有，擺明了橫豎反正就是要岳飛的命。岳飛在臨刑前，在受命認罪的狀紙上寫下八個字：「天日昭昭！天日昭昭！」

意思是說，我如此赤膽忠心，居然指控我企圖謀反？蒼天啊！我的冤屈你可得都看在眼裡啊！

岳飛死的時候，才三十九歲。

二十年後，宋孝宗趙昚（基本字義古同「慎」）一即位就下令為岳飛平反，受到一致的好評。

回頭來看宋高宗趙構，他二十歲時登基做皇帝，在位三十五年，西元1162年將皇位傳給宋孝宗以後，又做了二十五年的太上皇，直到以八十一歲高齡過世。他所建立的南宋，則苟延殘喘了一百五十二年，於西元1279年被元朝大軍所滅。

遠交近攻

遼（契丹）太祖耶律阿保機

（西元872—926年）

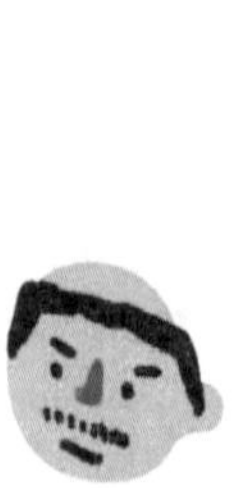

南宋亡於西元1279年。現在讓我們把時間往回撥，回到西元907年唐朝滅亡的那一年，然後從唐朝滅亡之後開始算起，一直到南宋滅亡，在這三百七十二年當中與五代十國、宋朝時間相重疊的三個重要政權。

首先要介紹的就是遼朝，這是中國歷史上由契丹族在中國北方地區建立的封建王朝，歷時兩百一十八年（西元907—1125年）。雖然「大遼」這個國號是西元947年由遼太宗耶律德光所定下，但「大遼」的前身是「契丹國」，西元907年遼太祖（也就是太宗耶律德光的父親）耶律阿保機即可汗位（「可汗」是古代部分遊牧民族首領尊號），成為契丹的首領。這也就是為什麼遼國的國祚（王朝維持的時間）一般都會從西元907年開始算起的原因。

耶律阿保機出生在契丹一個貴族家庭，祖父勻德實是部落聯盟的首領「夷離堇」。（「夷離堇」是官名，在遼政權建立之前為契丹各部軍事首領，到了大遼時代就直接把「夷離堇」改用漢語稱呼為「大王」。）

勻德實非常能幹，在他的領導之下，契丹的實力得到明顯的提升，可以說為日後耶律阿保機完成契丹內部和關外少數民族的統一、乃至建立契丹國奠定了良好的基礎。

後來，匀德實不幸被貴族耶律狼德所暗殺，耶律阿保機隨祖母及時逃到其他同情匀德實遭遇的貴族家中躲藏起來，僥倖逃過一劫。

耶律狼德搶奪了夷離堇的位置，卻因荒淫無道，又被匀德實的前任夷離堇聯合其他部內貴族設計誘殺。之後，匀德實的次子岩木（耶律阿保機的叔父）繼位，等到岩木死後，耶律阿保機的父親撒拉又繼

任，從此耶律氏家族的地位愈來愈舉足輕重，撒拉在當時已成為契丹實質上的最高統治者。撒拉之後，夷離菫這個寶座的繼位者也都是耶律氏家族的成員。

耶律阿保機就在這樣的環境中成長，從小就智勇雙全，氣質非凡，再加上年紀輕輕就參與了對鄰近部族的征戰，進一步鍛鍊了他的膽識和魄力。西元900年左右，還不滿三十歲的耶律阿保機已成為契丹部落聯盟實際掌管軍政大權的人。從翌年開始，耶律阿保機花了兩年多的時間，率軍先後攻打女真、于厥等幾個少數民族，均大獲全勝，西元904年，耶律阿保機大破室韋（中國古代東北民族），威震中原。

此時已是唐朝末年，各個地方割據政權譬如李克用、朱溫等人都紛紛與耶律阿保機結盟，耶律阿保機也因此取得了族外的支持。從這個時候開始，耶律阿保機把精力主要放在契丹的內政上，積極發展農業、畜牧業以及冶鐵、紡織、製鹽等手工業，契丹的社會經濟得到迅速的發展。

西元906年，在契丹痕德堇可汗去世以後，實際上已經掌握契丹大權的耶律阿保機在大多數貴族的擁護下，於翌年年初即可汗位，成為契丹族的新首領。這年，耶律阿保機三十五歲。

接下來，耶律阿保機花了將近十年的時間（西元907—916年），繼續東征西討，終於完全統一了契丹部落。與此同時，耶律阿保機採取《三十六計》中「遠交近攻」的策略，意思就是說和遠方的國家結盟，而與相鄰的國家為敵，使契丹在亂世中處於一個最有利的位置，進而以穩健的腳步慢慢擴大契丹的統治範圍。此外，耶律阿保機還順利平息過契丹內部針對自己的叛亂，鞏固了自己的統治地位。

西元916年，四十四歲的耶律阿保機接受眾人所上尊號，自稱「大聖大明皇帝」，正式建立契丹國。接下來，耶律阿保機一方面創建契丹國的各項政治制度，包括制定新的一套禮儀制度、建立比較完善的政治機構等等，另一方面又用了十年的工夫（西元916—926年），陸續征服北方各個少數民族，逐漸完成關外的統一。

西元918年，向來都是以遊牧為生活方式的契丹族在潢河沿岸的契丹故地建造皇都，這意味著契丹社會從遊牧時代的奴隸制度，轉變為農業時代的封建制度，意義非常重大。

耶律阿保機的武功雖然十分了得，不過史家普遍認為耶律阿保機除了建國定制，最大的貢獻當屬西元920年為契丹創造了文字，此舉使得契丹民族澈底擺脫了愚昧落後，在逐漸向中原文化靠近的同時，契丹本身的文化也得到進一步的發展。

在創建文字之外，耶律阿保機還為契丹制定了法律，完善了契丹國的行政體系，大力加強軍隊建設，契丹政權在他的打理之下頗具規模。隨著契丹國各個方面均日趨成熟，耶律阿保機也愈來愈希望能夠完成一項自己的夙願，那就是奪取河北，挺進中原，做全中國的皇帝。

從西元916年開始，耶律阿保機便親率大軍南侵，攻伐後唐的李存勖，先後攻下朔州、武州等地，使得代北至河曲、陰山等地盡為契丹所占有。不過，在這個時候，耶律阿保機仍然採取「遠交近攻」的策略，一方面與河南的後梁、江南的後周保持友好的關係，以牽制李存勖，另一方面又回師攻打了契丹以北諸部，使他們均臣服於契丹。

耶律阿保機就這樣一步一步朝著自己遠大的夢想前進。然而，就在西征和東討的目標已經順利實現，耶律阿保機正醞釀著要著手奪取河北的時候，不料卻於西元926年病逝，享年五十五歲。

勤於栽樹

金太祖完顏阿骨打

（西元1068—1123年）

女真族是中國東北一個歷史悠久的民族。在唐末五代期間，契丹族崛起於北方，並且很快建立了遼政權，女真族逐漸被遼所控制。後來，有一個女真族的部落叫做完顏部，慢慢發展起來，逐步統一了女真族其他部落，形成一個強大的軍事部落聯盟。

完顏阿骨打出生於一個上層貴族家庭，繼承了父親和祖父的尚武精神，小小年紀就已經練得一身的好武藝，年紀稍長開始跟著父兄四處征戰。他不僅足智多謀，而且非常英勇，在戰場上總是衝在最前面，從不畏縮，為完顏部統一其他女真族部落立下了不容小覷的汗馬功勞。

西元1113年，完顏烏鴉東病死，身為烏鴉東弟弟的阿骨打繼任為「都勃極烈」（官名，「大酋長」的意思）。這年完顏阿骨打四十五歲。翌年阿骨打就起兵反遼。

其實完顏阿骨打早就對遼朝非常不滿了，只是他知道自己的實力還不夠，不能輕舉妄動。他在成為都勃極烈之後，大力鼓勵農業生產、積蓄糧食、修建城堡，購買兵器、加強軍事訓練，一步一步極其穩健的壯大自己，為了攻遼而做著充分的準備。

與此同時，想要發動戰爭，自然是需要一個名目，在阿骨打繼任為都勃極烈之後，便以遼帝拒不交出一個叫做阿疏的仇敵為由，發動了反遼戰爭。

阿疏是誰？這是同屬女真族的另一部落紇石烈部的酋長，對於完顏部首領成為整個女真部實際上的統治者，阿疏大為不滿，因此想要藉由遼朝的力量除掉完顏部，之後阿疏在遼朝的支持下與完顏部發生過戰事，兵敗便逃到遼朝躲起來，完顏部幾次要求遼帝交還阿疏，遼帝都不予理會。

西元1114年秋天，阿骨打起兵反遼，率兩千多名女真將士駐紮在淶流河西岸（今天吉林與黑龍江交界的拉林河）。阿骨打在此先歷數遼朝統治者的罪惡，再祭祖誓師，然後便出兵攻打。阿骨打身先士卒，親手射殺遼軍前線大將耶律謝十，女真將士見狀士氣大振，一個個也都爭先恐後要像阿骨打一樣的奮勇殺敵，很快便攻下江州、河店等遼朝重要的軍事陣地（分別在今天的吉林省和黑龍江省）。

河店之役可以說是阿骨打反遼戰爭前期決定性的一仗。遼軍多達十萬，原本在人數上占有極大的優勢，可是阿骨打發揮了高超的軍事才能，不僅個人在戰場上非常勇猛，而且領導有方，戰術非常靈活，最終取得了勝利。

在反遼戰爭進行了半年左右，阿骨打因捷報頻傳，聲望達到了高峰，遂在西元1115年決定登基稱帝，建立金國。阿骨打甫稱帝，便將小自己七歲、時年四十歲的弟弟完顏晟立為繼任者。

稱帝之後，阿骨打訂立的第一個國策就是要滅掉遼朝。每一次阿骨打出兵征戰，完顏晟就在後方穩定和管理朝政，兄弟倆配合得相當默契。

反遼戰爭進行得頗為順利。基本上金軍在阿骨打的統領之下一路勢如破竹，即使遇到比較棘手的情況，阿骨打也總能以其大無畏的精神有效的激發士氣。譬如有一次，遼軍在戰鬥人數上占有絕對優勢，而當時金軍缺兵少糧，情勢明顯不利，眼看投降的呼聲開始瀰漫，阿骨打便命全體將士集合，當眾用刀畫破自己的前額，仰天痛哭，與部眾訣別，將士們見狀內心都非常觸動，頓時都豪情百倍的激動表示要與統帥一起戰死沙場。稍後，遼軍正好發生內訌，阿骨打得到情報，認為機不可失，立刻率軍奮勇追擊，結果把遼軍打得落花流水，再次取得勝利。

遺憾的是，阿骨打沒能親眼見到遼朝的覆滅。西元1123年夏天，就在反遼戰爭進入尾聲的時候，阿骨打病死在從燕京返回上京的途中（上京是今天黑龍江省哈爾濱市阿城區），享年五十五歲。

完顏晟繼位後，先於西元1125年滅遼，兩年後又揮師南下一舉滅掉了北

宋，虜走了宋徽宗、宋欽宗。原本想一鼓作氣也滅掉南宋，然而失敗了，只得先行北返。

有一句老話說「前人栽樹，後人乘涼」，完顏阿骨打和完顏晟這對兄弟恰似這樣的情況；無論是滅遼或是滅掉北宋，都是做哥哥的阿骨打為弟弟完顏晟鋪好了一條坦途。

不過，雖然完顏阿骨打在位時間不長，只有八年，但是除了反遼戰爭，還是有諸多其他方面的建樹。比方說，完善政治機構，積極推動經濟建設。為了保護和發展生產，阿骨打多管齊下，一方面嚴禁士兵虜掠，一方面對於所征服地區的老百姓以減免稅賦等方式，來達到安定人心的作用。

阿骨打還實行移民內地政策，在下令山西部分漢人、契丹人到金朝內地之餘，也強令女真人向南遷移，進行屯田。

此外，作為一個開國皇帝，完顏阿骨打為金朝所做的另一極大的貢獻，就是創建了女真文字，一如遼太祖耶律阿保機創造契丹文字一樣，都是一樁非同小可的大事。女真族原本沒有文字，有了文字便意味著是在文明發展上的一大跳躍。文字製成之後，阿骨打便下令在全國頒行。

尤其值得一提的是，完顏阿骨打雖然不忘保留女真原有的文化，但是對於重用漢族知識分子、注重學習漢族較為進步的文化還是非常積極，影響所及就是金朝在文化方面的發展逐漸趨向漢化，雜劇和戲曲因此在金朝得到良好的發展，金代院本更是為後來元曲的雜劇打下了很好的基礎。

執意禿髮

西夏景宗李元昊

（西元1003—1048年）

西夏建立的時候是北宋時期，但西夏的歷史應該往回推四百年左右，也就是說，可以一直追溯至唐朝初年。

西夏的祖先黨項族，屬於羌族的一支，原先居於四川松潘高原，唐朝時遷居陝北。在唐僖宗時，黨項部的首領拓跋思恭被朝廷封為夏州節度使，後來因為平黃巢之亂有功，被賜姓「李」（與唐朝皇帝同屬一姓，這是極大的榮譽），封夏國公。從此拓跋思恭及其李姓後代就以夏國公之名成為當地的藩鎮勢力。

李氏（拓跋氏）不僅臣服於唐朝，後來還臣服於五代諸朝與北宋，以此來交換既有勢力範圍的保障以及來自中原的大量賞賜。後來，夏州政權被北宋併吞以後，由於李繼遷不願投降而再次立國，並且取得遼帝的冊封。李繼遷精明的採取「聯遼抵宋」的策略，陸續占領了蘭州與河西走廊地區。

西元1038年，李繼遷的孫子李元昊稱帝，即夏景宗，西夏正式建國，因其地理位置位於中國地區的西北部，宋人均以「西夏」稱之，後世史家亦沿用了「西夏」這個名字。

李元昊是在稱帝的六年前（西元1032年）即位的，時年二十九歲。他的父親李德明，奉行的是「聯遼睦宋」的政策，曾經受遼封為大夏國王，也受宋仁宗封為夏國王，使黨項部落得到一個相對安定的環境，然而李元昊對於父親向宋朝稱臣一直很是反感，父子倆針對這個問題不知道辯論過多少回。

李德明說，回想在自己父親李繼遷時代因多次和宋朝發生戰事，導致兩國老百姓都無法過上安寧的日子，如今停戰近三十年來，自己的部屬都能穿上錦綺（就是一種華麗有文彩的絲織品），這有什麼不好的呢，這都是宋朝皇帝的恩情啊！李元昊則認為穿錦綺是宋人的習慣，有什麼可值得稱道的，黨項族本來是應該穿著皮毛衣物放羊牧馬的啊！

李元昊甚至慫恿父親，不妨將那些從宋朝得來的俸賜用來訓練族人騎射，這麼一來「小則可以四處征討，大則可以侵奪疆土」，不過，此番建議自然沒有受到父親的採納，李元昊只能一直等，等到父親過世、自己繼承父親的地位之後，才總算可以摩拳擦掌的準備大展宏圖了。

李德明留給李元昊的勢力範圍是從河套到祁連山的廣大地區，在這範圍之內的少數民族部落都以遊牧為生，比較分散，不易管轄，更何況不少部落本來就都不是真心歸附，於是李元昊從即位第二年開始便對河湟地區的吐蕃部落發動多次進攻，想要削弱吐蕃的實力。最初戰事進展得並不順利，直到後來趁著吐蕃內亂才取得成果，終於迫使吐蕃部落歸順，李元昊也徹底控制了河西走廊。

經過六年左右的四處討伐，李元昊認為已經達到天時地利人和的條件，遂準備登基稱帝。在稱帝之前，李元昊命一位名叫野利仁榮的大臣，仿照漢字創建了西夏文，於西元1036年（李元昊稱帝的兩年前）頒行，看上去類似漢字六書的構造，但筆畫比漢字要複雜得多，稱為「國書」或是「蕃書」，從此西夏與周圍王朝往來表奏和文書，都使用西夏文。

此外，為了表示反對父親過去崇尚漢文化的做法，李元昊還採取了一系列旨在保存和發展黨項民族本身文化特色的舉措，比方說，在他即位當年就下達過「禿髮令」，規定所有黨項部眾在三日之內，一律要剃光頭頂，還要穿耳戴重環，不服者處死。

六百多年之後，西元1645年，清兵進軍江南，有一個叫做孫之獬的人，因為受到其他漢臣的排擠，惱羞成怒竟然建議攝政王多爾袞學習當年西夏李元昊的禿髮令，頒發剃髮令，並喊出「留髮不留頭，留頭不留髮」的口號，以此來同化漢人。

李元昊的禿髮令，目的確實是為了要同化境內漢人，並且加強黨項民族的凝聚力，希望有助於日後能夠抗擊漢人的大宋政權。禿髮令一出，李元昊自己便率先實行，而髮式一改，整個服飾也隨之變動。

不過，西夏享國一百八十九年，雖然在藝術文化方面非常多元且豐富，但無論是國家體制或統治方式到頭來都還是深受儒家政治文化的影響，譬如官制的設置基本上就是模仿北宋。畢竟在李元昊之前漢化政策就已行之有年，不是那麼容易說要去除就能去除得掉的。

李元昊即位之初，西夏的疆域範圍在今天的寧夏、甘肅西北部、青海東北部、內蒙古以及陝西北部地區，東至黃河，西至玉門，南接蕭關（今寧夏同心南），北控大漠，占地兩萬餘里。西夏東北與遼朝西京道相鄰，東面、東南面與宋朝為鄰，等到後來金朝滅了遼朝和北宋，西夏的國土就大部分都與金朝為鄰了。

建立西夏的第二年，李元昊見宋仁宗軟弱無能，就開始準備南侵。經過一段時日，西夏在宋夏戰爭以及遼夏戰爭中均大致獲勝，宋、遼、夏在中國北方三國鼎立的局面基本確立。直到後來

漠北的大蒙古國崛起，六次入侵西夏後拆散了金夏同盟，讓西夏與金朝自相殘殺，與此同時西夏內部也多次發生弒君、內亂之類的事情，經濟更因戰爭頻仍而趨於崩潰，最後終於在西元1227年亡於蒙古。

將近半個世紀以後，南宋也步上西夏的後塵，同樣亡於蒙古之手。

最後還是要再交代一下李元昊最終的命運。李元昊因奪走本屬於兒子的女人，被兒子懷恨在心，西元1048年，兒子遭人利用企圖發動政變，李元昊在慌亂中躲閃不及，鼻子整個被削掉，又驚又氣，當天晚上就傷重不治身亡，終年四十五歲。

一代天驕

元太祖鐵木真

（西元1162—1227年）

有一個帶著濃厚極端民族主義色彩的詞，叫做「黃禍」，在十九世紀末、二十世紀初在西方甚囂塵上，宣稱中國等東方黃種民族的國家是威嚇歐洲的禍害，想為西方帝國主義企圖奴役和掠奪亞洲找到合理性，而這個詞最早是歐洲人用來形容十三、四世紀蒙古人的擴張，其中關鍵性人物就是成吉思汗，因

此，在影響世界歷史的重要人物中，成吉思汗有著非常重要的位置，就是因為成吉思汗的西征打開了東西方交通的道路。在成吉思汗晚年，蒙古大軍甚至長驅直入至俄羅斯境內，一直打到克里米亞半島、伏爾加河流域、多瑙河流域，威震世界。

所以，雖然嚴格來說成吉思汗並不是皇帝，他所創建的大蒙古國，只是為了希望得到穩定的兵源，而建立的蒙古國的雛型，除了擁有軍事制度之外，其他政治制度和經濟制度，幾乎仍是沿用過去處於原始社會末期的蒙古部落制度，可以說成吉思汗是一位草莽英雄，不是政治家，只是在他過世之後四十餘年，他的孫子忽必烈在中原建立了元朝，尊稱成吉思汗為元太祖，於是成吉思汗就這樣成了「開國皇帝」。

成吉思汗，姓奇渥溫，名鐵木真，「汗」就是「可汗」的簡稱，是古代部分遊牧民族首領的尊號。

西元1162年，成吉思汗出生在蒙古高原的斡難河（今天的鄂嫩河）畔，出身於貴族之家，父親（名叫也速該）為乞顏部的領袖。

原本鐵木真的童年應該是過得相當不錯的，然而在他八歲那年，父親被塔塔兒部的人毒死，對他們一家來說，頂梁柱就這樣垮了，一切就此改變，稍後不僅掌握部落大權的人在遷營的時候，竟然拋棄了他們，連一頭牲畜也沒給他們留下。為了生存，母親訶額倫氏只好放棄以往習慣的生活方式，帶著鐵木真等四個兒子改以漁獵和挖野菜、採野果為生，日子過得非常艱辛。

鐵木真是長子，當然要承擔更多的責任，他的心智自然也得到更多的鍛鍊，在他十三歲那年，甚至還曾經被敵人抓回去，負枷示眾，可是他居然能夠在當天夜裡潛逃回家。由此可見鐵木真的冷靜，以及過人的勇氣和膽識。這次事件之後，全家就遠遷不兒罕山（今天的肯特山）。

鐵木真長大以後，決心要重振父親的功業。在他十八歲那年，先迎娶小時候父親為他訂親的孛兒帖，她是另外一個部落的女孩，然後忍痛將妻子一件貴重的黑貂裘獻給父親生前的一位結盟兄弟王罕，再借重王罕的影響力慢慢號召收集父親當年的舊部，並逐步恢復自己部族的地位。

鐵木真與孛兒帖的感情很好，婚後一年多，孛兒帖竟然被蔑兒乞部落的人劫走，這令鐵木真十分憤慨，立刻聯合了王罕及盟友札木合等人大敗蔑兒乞部落，奪回孛兒帖，還獲得了大批的俘虜，鐵木真因此聲名大震，父親當年的部屬與奴隸都紛紛歸附，鐵木真的實力得以迅速壯大。

西元1189年，二十七歲的鐵木真被部眾擁戴為「汗」，引起盟友札木合極大的不滿和嫉妒，很快便發展到武力相向。札木合召集了十三部一共三萬兵力出擊，鐵木真也以三萬兵力分為十三翼沉著應戰，史稱「十三翼之戰」。戰爭結果，鐵木真失利，退避到斡難河上源狹地，但是由於札木合對付戰俘的手段太過殘忍，竟然下令用七十口大鍋來加以烹煮，引起同盟各部強烈的不滿，反而紛紛都跑去歸順鐵木真，使得鐵木真的軍力得到迅速恢復和壯大。

七年之後（西元1196年），塔塔兒部反抗金朝，兵敗逃竄，鐵木真和克烈部應金朝大軍統領之約，合力阻擊塔塔兒部，殺了他們的首領，並虜獲大批人畜財物。由於當年鐵木真的父親就是被塔塔兒部的人毒死的，所以這麼一來鐵木真不但報了父仇，也大大提高了威望，成為蒙古草原上一支非常強大的力量。

從一進入十三世紀（1200年）開始，鐵木真用了七年的時間，經過四次規模比較大的戰役，澈底擊敗各個部落，真正稱霸於蒙古草原。1206年春天，四十四歲的鐵木真在蒙古部原聚居地斡難河源頭召集部落會議，在這一次大會上，他被一致推為「大汗」，上尊號為「成吉思汗」，國號「大蒙古汗國」。

成吉思汗即帝位以後，在政治、經濟、軍事方面展開全方面的改革，不但鞏固了帝國統一的局面，也大大推動了社會的發展。尤其值得大書特書的是，

他還推動創制了蒙古民族的文字，一改過去立國前沒有文字的落後的局面。成吉思汗的許多舉措不但加速了蒙古汗國封建制度的形成，大大推動了社會生產力的發展，也為日後元朝的建立奠定了堅實的基礎。

同時，成吉思汗也展開了南進與西征，不斷地開拓疆土，甚至後來於西元1227年死於征途，享年六十五歲。當時，對西夏的戰爭已近尾聲，西夏國都已經被圍，西夏王請降時要求寬限一個月後獻城，眼看西夏就要被滅，成吉思汗為避免影響戰果，臨終前特別交代兩件事：一，祕不發喪；二，等西夏王來降時將他殺掉。這兩個命令，部屬都照辦，西夏就這樣亡了，而成吉思汗的陵墓到底在哪裡？至今仍是考古界一個懸而未決的謎。

至於對金朝的戰爭，成吉思汗雖然來不及親自滅金，但生前也為後繼者留下一份滅金的戰略計畫。後來，成吉思汗的過世雖然使滅金計畫推遲了兩年，但日後繼位的太宗窩闊台（成吉思汗第三子）及其諸王大臣還是切實按照成吉思汗的遺志來行事，並且於西元1234年滅了金朝。

總之，十二世紀的蒙古草原，外受金朝的殘酷壓迫，內則部落之間紛擾不休，征戰不斷，大家的日子都很不好過。直到成吉思汗才把草原上落後且分裂的蒙古族融為一體，成功的建立了地跨歐亞兩大洲的大帝國，重開了「絲綢之路」，推進了東西方以及阿拉伯各國之間的經濟和文化交流，他的巨大貢獻在整個世界歷史上都留下了輝煌的一頁。

君臨華夏

元世祖忽必烈

（西元1215—1294年）

無論南宋或是北宋均亡於外患，只是北宋亡於金朝，南宋則亡於蒙古，因為當初滅了北宋的金朝已於西元1234年亡於宋軍和蒙古軍的夾擊，而在稍早，西元1227年時，蒙古軍又已經先滅了西夏。最後，蒙古軍於西元1279年滅了南宋，終於統一全國。

只是精確的說，滅掉南宋的已經不能再叫做蒙古軍，而應該稱作元軍，因為就在南宋滅亡的八年以前（西元1271年）冬天，忽必烈已經宣布把「大蒙古」改為「大元」，取《易經》「大哉乾元」之意，表示國家的領土非常廣大。

元朝的統一，結束了從唐朝後期以來軍閥割據，以及宋朝與遼、金、西夏等民族政權並立至少長達五百多年的分裂局面，不僅使國內各民族之間的經濟文化聯繫進一步加強，促使多民族國家進一步繁榮昌盛，同時，經過元世祖忽必烈的一番艱辛經營，最終建立起「東臨大海，南到南洋群島，西南達喜馬拉雅山，西至中亞，北抵北極海」的帝國，在這幅員極其遼闊且空前龐大的版圖之內，各個民族的文化、思想、經濟、科學等得以相互交流，大大推動了中華民族的整體發展。

成吉思汗是蒙古族偉大的軍事家，使中華民族聲威遠播，但成吉思汗並沒有建立起疆土固定的版圖，忽必烈則是蒙古族一位偉大的政治家，不僅建立起疆土固定、多民族的統一政權，在中國歷史上也是一位頗有建樹的皇帝，為了維護和鞏固這個帝國嘔心瀝血。

早年還在漠北的時候，忽必烈就和許多中原漢族士大夫取得了密切的聯繫，周圍逐漸形成一個漢儒幕僚集團，這使得忽必烈思想意識的發展，與他的同輩皇兄弟有著明顯的不同，後來，學者劉秉忠一番關於「以馬上取天下，不可以馬上治天下」的忠告（意思就是說，可以藉由武力來奪取天下，但不可以靠著武力來治理國家，治理國家還是要講方法的），對忽必烈產生了不小的影響，很希望日後能藉由漢人的方法包括建朝省、立法度、定管制、整飭賦稅等等來改革舊制度。忽必烈一方面努力學習漢文化，另一方面也鼓勵其他蒙古貴族一起都來學習。

成吉思汗有四個兒子，在成吉思汗死後由第三子窩闊台繼位，這就是元太宗，窩闊台在位十二年（享年五十五歲），死後由長子貴由繼位，這是元定宗，定宗在位僅短短兩年（享年四十二歲），貴由死後由蒙哥繼位，就是元憲宗，他也是成吉思汗的孫子，是成吉思汗第四子拖雷的長子，在位時間也不長，只有八年（享年五十一歲）。西元1251年夏天，蒙哥繼承汗位之後，將漠南漢地軍國庶事全部委託給忽必烈來掌管，顯然是相當倚重忽必烈的才幹。這一年忽必烈三十六歲。

次年，忽必烈又得到關中地區作為封地。

此時，金朝和西夏都早就亡了，對於新興的元朝來說，首要軍事目標就是要滅了南宋。為了早日達到這個目標，忽必烈採取了一系列諸如招撫流亡、禁止妄殺、屯田積糧、整頓財政等措施，一個個都頗具成效，不僅使中原地區得到良好的治理，人戶逐漸增加，經濟也逐漸恢復，但是在實施這些舉措的過程中，因為忽必烈本身的實力也自然而然的獲得增強，不免遭人嫉恨，在忽必烈四十二歲那年，蒙哥以忽必烈剛打完仗、又患有腳疾為由，讓忽必烈留在家中養病，相當突兀的解除了忽必烈的兵權，改命塔察兒為左翼軍統帥。

然而，過不了多久，由於塔察兒征宋的軍事行動失利，蒙哥又讓忽必烈「回鍋」，重新統領左路軍去攻打宋朝。後來，忽必烈在征宋戰爭進行期間又掌控了東路軍的大權。

兩年後（西元1259年）夏天，蒙哥在攻宋戰爭中傷重而死，由於蒙哥之前並未對繼位者做過安排，有資格繼位者有好幾位，忽必烈也是其中之一。翌年春天，四十五歲的忽必烈先在很多諸王及大臣的支持下登上汗位，緊接著忽必烈的弟弟阿里不哥表示自己奉遺詔，也在一些王的擁戴下宣稱繼承汗位，雙方衝突遂不可避免。經過四年左右的時間，忽必烈取得大部分王公貴族的支持，終於迫使阿里不哥歸降。

在平息了內亂之後，忽必烈就遷都燕京（後改稱大都）。又過了七年左右（西元1271年），改國號為元，忽必烈為元世祖。

元世祖一方面重用儒士，致力內政，包括完善行政體系，另一方面也繼續發兵攻宋，終於在八年之後（西元1279年）滅掉了南宋，完成統一中國的大業。

接下來，元世祖為了鞏固元朝在中原的統治地位，進行了政治、軍事、經濟、文化等多方面的改革，可惜他的施政措施很多都未能得到很好的執行，就是很多王公貴族也往往未能領會和貫徹，造成許多即使是良策，成效也大打折扣，因而使得元世祖在治理國家的成就上，終無法與前代的遼聖宗或是金世宗相媲美。

西元1294年，一生為了元朝殫精竭慮的元世祖病逝，享年七十九歲。而由他一手建立起來的元朝，在經過九十幾年、還不到一百年的傳承，也滅亡了。

和尚皇帝

明太祖朱元璋

（西元1328—1398年）

在中國歷代皇帝中，以平民身分起家的只有兩位，一位是漢高祖劉邦，另一位就是明太祖朱元璋。

在二十三歲以前，這位後來成為明太祖的布衣天子連個正式的名字都沒有，只有一個小名；他們家子女眾多，兄弟姐妹共八個，夭折了兩個，存活六個，四男兩女，他是最小的一個，就叫做「重八」。

重八原籍江蘇沛縣，家境非常貧困，為了生活，一家遷居泗州，再遷濠州。他沒受過什麼教育，從小就為地主看牛放羊，不過他聰明伶俐，靠著自學，到也認識了不少字。

十六歲那年，淮北地區發生旱蝗災害和瘟疫，家人一一死去，重八的生活無以為繼，只好到皇覺寺當了和尚，曾游食於皖西、豫東三年，歷經磨難。西元1351年，元順帝在位期間，由於政治敗壞、稅賦沉重，又天災不斷，廣大的農民都活不下去，遂紛紛起義，因為參與者都打著紅旗、頭扎紅巾，因此被稱為「紅巾軍」，最初起於黃河以南、長江以北江淮一帶，二十三歲的重八也在這股反元浪潮中加入了郭子興的義軍。從這個時候開始，重八才取名為元璋，字國瑞。

朱元璋入伍以後，每次打仗總是奮不顧身，非常勇敢，再加上識得一些文字，深受郭子興的賞識，不久便把自己的養女嫁給了他。這個女孩就是後來的馬皇后，雖然相貌平平，但是非常賢德，兩人感情很好。後來在朱元璋五十四歲那年，馬皇后過世，朱元璋痛哭不已，餘生再也沒有立過皇后。

總之，在成了元帥郭子興的女婿之後，朱元璋的身價便大不相同，士兵們都對他另眼相看。三年後，郭子興病故，朱元璋就把郭子興的部隊全部接收，然後就靠著這麼一點力量開始打天下，經過十幾年的努力，朱元璋不僅擊敗了張士誠、陳友諒等好幾個強勁的對手，也力克元軍，終於在四十歲那年（西元1368年）取得最後勝利，滅了元朝，建立明朝，是為明太祖。

朱元璋雖然沒有讀很多書，但是為人沉穩，城府很深。他的成功，概括起來主要有三點：

一，他善於謀略，很有智慧，採納了儒士朱升的建言——「高築牆，廣積糧，緩稱王」，意思就是說，只管自己暗中努力經營，慢慢累積自己的實力，不要那麼急著稱王，以免過早就成為元朝對付的目標，畢竟當時元朝的軍事力量還是相當厲害的。

二，他的戰術十分靈活，最重要的是，在自己的實力還不夠壯大之前，一直避免與元朝主力決戰，並以大宋作為擋箭牌，表面上雖然甘居在小明王之下，實際上則是不動聲色地慢慢擴大自己的地盤。

從西元1363—1367年，短短四年左右的時間，朱元璋發展得很快，除了消滅陳友諒，還消滅了張士誠，整個長江中下游就這樣全部都被他統一，直到這個時候他才終於稱王，但仍尊奉小明王為宋帝。

三，他善於把握天時和地利，以穩紮穩打的步調，利用各路反元大軍做掩護，積極在長江中游發展，等到元軍收拾了劉福通和徐壽輝，朱元璋也已經統一了江南。

當上皇帝以後，為了朱明王朝的世代永繼，朱元璋空前加強中央集權，比方說，廢除行中書省；廢除宰相制度，把過去宰相的權力分給吏、戶、禮、兵、刑、工等六部；設「錦衣衛」等特務機構來控制臣民等等。朱元璋在位三十年，中央集權制度可以說發展到頂峰，他成為歷史上權力最大的君主。

朱元璋認為太子柔弱，將來恐怕難以駕馭那些桀驁不馴的功臣，決心要替子孫剷除這些潛在的危害。有一個著名的例子是關於朱元璋想殺宋濂的故事。宋濂是太子的老師，早年曾經追隨朱元璋襄贊軍事，立有大功，官至學士承旨知制誥。朱元璋藉故想殺宋濂，太子流著淚拚命替老師求情，朱元璋便拿來一根滿是棘刺的木杖放在地上，命太子去撿起來，太子面有難色，朱元璋便說：「有棘刺的木杖你不好取，我替你削掉那些棘刺怎麼樣？」面對朱元璋如此開導，太子很聰明，自然明白父親是用心良苦，但是天生仁愛的太子，對於這樣「狡兔死，走狗烹」、屠殺功臣的做法非常不以為然，便委婉的表示：「上有堯舜之君，下有堯舜之民。」意思就是說，他認為身為皇帝不能殘暴。朱元璋一聽，勃然大怒，順手抄起一把椅子就朝太子狠狠的砸了過去。

朱元璋的信念是，既然天下一統，當然就用不著武將，可就算只用文臣他也不放心，所以才要從中央到地方都大力加強皇權，並且還大興文字獄，將一大批文臣武將一股腦兒的殺光。僅僅「胡惟庸案」和「藍玉案」，這兩案加起來就一共株連冤殺了五萬多人，可說相當駭人。

此外，中國落後於西方是始於明代，這和朱元璋建立的高度集權的政治體制是脫不了關係的，故儘管朱元璋結束了元末動亂，又採取了一系列有效措施恢復社會生產和經濟活動，但史家在評價朱元璋對歷史的功與過時，總是很難下一個明確又沒有爭議的定論。

西元1398年，朱元璋病逝，享年七十歲，葬於今天南京鍾山南麓的孝陵。他所建立的大明王朝，前後持續了將近三百年。

以猛治國
明成祖朱棣

（西元1360—1424年）

朱棣是朱元璋的第四子。據説朱元璋最喜歡的兒子就是朱棣，因為朱棣有勇有謀，朱元璋覺得他酷似自己，不僅在朱棣十歲的時候就封他為燕王，甚至後來在太子朱標病死之後，還曾經有意要立朱棣為太子，但是朱元璋才剛剛把這個想法説出來，就遭到眾臣一致的反對，因為朱棣不是皇后所生，在封建社會「有嫡立嫡，無嫡立長」的傳統禮法之下，朱棣沒有被立為太子的資格，這個事情令朱棣相當氣憤，有人認為這或許刺激了他將來想要當天子的野心。（原配所生的兒子稱為「嫡」，「嫡長子」是第一順位的法定繼承人。）

朱棣二十歲的時候，按規定來到自己的封國北平。當時開國元勛徐達正奉命鎮守北平，朱棣便拜這個傑出的軍事家為師，從徐達這裡學到了不少軍事理論及戰略技巧。後來，朱棣又奉父親之命娶了徐達的長女，與徐達的關係更為密切，也得到徐達更多的指點，不僅練得一身好武藝，也逐漸顯露自己出色的軍事才幹。稍後在與入侵的蒙古軍隊交戰中，朱棣屢建戰功，聲威大震。

西元1398年，朱元璋過世以後，皇太孫朱允炆即位。不久，朱允炆在心腹大臣齊泰和黃子澄的慫恿之下開始削藩。所謂「削藩」，是指封建制度下君主為了收回諸侯和地方割據勢力手中部分或全部權力而實施的政策，由於利益衝突，經常會引發政治動蕩，甚至軍事對抗。果然，朱允炆在自己羽翼未豐的時候就貿然削藩，立刻就削出問題來了。

翌年，朱允炆的叔叔朱棣以「清君側」（要清除君主身旁的親信和奸臣）為藉口，以「靖難」為名（「靖」是平定的意思），起兵南征。這就是著名的「靖難之役」。

這場皇室內部爭奪皇位的戰爭，歷時三年多，終於以朱棣的勝利而告終。西元1402年，四十二歲的朱棣在應天（今天的江蘇南京）即位稱帝，年號永樂，是為明成祖。

明成祖即位

以後，採取了一系列的措施，一方面清除建文帝的餘黨，另一方面也逐步消除諸王勢力，又正式設立了內

閣，恢復錦衣衛，設東廠，等於是又重新恢復了朱元璋當年「以猛治國」的策略。

西元1403年，明成祖將「北平」改為「北京」。為了加強北方的軍事力量，以防外寇入侵，朱棣決定要遷都北平。三年後，朱棣下令以南京故宮為藍本開始營建北京城，花了十四年左右完工，這就是今天北京的紫禁城，是明清兩代的皇家宮殿，也是中國古代宮廷建築的精華。西元1421年春天，朱棣將都城從南京遷到北京，將南京作為留都。

紫禁城開始建造的時候朱棣四十六歲，等到建造完成、順利遷都的時候，朱棣已六十一歲進入暮年了。

無論如何，遷都北京對於鞏固邊防以及維護全國的統一都有積極的意義。

在加強皇權、創造安定團結的政治局面的同時，朱棣即位後在經濟上推行朱元璋休養生息、移民屯田和獎勵墾荒的政策，努力恢復和發展遭受戰爭破壞的社會生產。諸多舉措使得朱棣永樂朝的農業經濟比當年朱元璋洪武時代又有了新的發展。而隨著農業的繁榮，手工業和商業也都取得長足的進步和興盛。

譬如，遵化冶鐵廠是明永樂時期所建的最大的手工業工廠，廠內有工匠、民夫等兩千五百人，規模相當龐大。造船業也有極大的提升，當時中國是世界上最先進的造船國家。

由於建文帝下落不明，謠言盛傳他在海外避難，東南沿海殘存的反明勢力仍然很活躍，再加上明成祖十分注重對外交往，很希望自己所統治的王朝能像盛唐那樣威名遠播，在諸多因素的考慮之下，終於促成了西元1405年六月「鄭和下西洋」的壯舉。後來鄭和（西元1371—1433年）七下西洋，前後持續二十八年（西元1405—1433年），行蹤遍及亞非十幾個國家，時間之早，規模之大，都是後來的哥倫布（西元1451—1506年）和麥哲倫（西元1480—1521年）所不及的，不僅增加了中國與南洋各地的聯繫，也傳播了中華文明，影響十分深遠。

此外，朱棣也很重視科學文化事業的發展，以及文化典籍的收集整理工作。西元1403年夏天，朱棣命大臣解縉負責組織編撰《永樂大典》，於西元1407完成。《永樂大典》內容之豐富，實在驚人。看看這些數字：22937卷，一共約三億七千萬字，囊括有文字以來的經、史、子、集，以及天文、地志、醫卜、僧道、技藝、陰陽之言。可惜在清末八國聯軍入侵北京的時候，《永樂大典》大部分都遭到了焚毀，剩下的也多被劫走。

西元1410年開始，時年五十歲的朱棣開始親征漠北，至西元1424年，在十四年之間前後多達五次，這是真正展示朱棣雄才大略的明證。不過，雖然有效防禦和打擊了蒙古韃靼部的侵擾，但朝廷自身也耗費巨大，戶部尚書夏元吉、兵部尚書方賓等人力諫罷兵，但是朱棣不聽，結果在發動第五次親征之後，因沒有找到敵人蹤影、將士們死傷疲憊，朱棣懊惱不已，只好下令班師回京，途中一病不起，隨即病死在榆木川（今天蒙古烏珠穆沁附近），享年六十五歲。

全才皇帝

清聖祖玄燁，康熙皇帝

（西元1654—1722年）

清聖祖的名字叫做愛新覺羅・玄燁，「康熙」是他唯一所使用的年號，一般都習慣稱他為「康熙皇帝」。他是順治皇帝的第三子，是清朝入關之後的第二代皇帝。

康熙八歲登基，至六十八歲辭世，在位六十一年，是中國歷史上在位最久的一位皇帝，雖然最後的十四年因為處理繼位者問題不當，造成吏治有些敗壞（以西元1708年康熙五十四歲時，廢太子事件為轉折點），但整體而言康熙一生還是可以稱得上勵精圖治，是歷史上數一數二雄才大略的君主，所謂「康乾盛世」，就是康熙皇帝所打下的基礎，而康乾盛世也是封建王朝史上最後一次輝煌。

由於生母不受順治皇帝的寵愛，連帶地康熙在幼年時期也備受父皇的冷落。康熙從五歲就開始念書了，每天天都還沒亮，他就得進書房念書。因為太小，連門檻都跨不過的他，還得靠太監把他抱進去。

康熙之所以能當上皇帝，主要是祖母孝莊文太后的關係。西元1661年農曆正月初二，順治帝一病不起，彌留之際，在母親的堅持下宣布由玄燁繼承皇位，並且命索尼、蘇克薩哈、遏必隆和鰲拜四人為輔佐。

康熙和祖母的感情很深，孝莊文太后不但給了康熙一個孩子所需要的親情，也盡心盡力教育著他。特別是在康熙八歲喪父，十歲又喪母以後，孝莊文太后更是悉心撫育著康熙，不斷地期勉他認真自重，不要玩物喪志。康熙小時候連一個寵物都沒有，清宮中會出現許多供玩賞的小動物都是從康熙以後才開始的。

西元1687年，孝莊文太后病重，三十三歲的康熙以皇帝之尊，親自在慈寧宮幾乎是不眠不休、寸步不離的悉心照顧了一個多月，即使孝莊文太后屢次叫他回宮休息，大臣們也一再奏請皇帝保重身體，康熙仍然勉強支撐。不久，孝莊文太后過世，康熙悲痛異常，嚎啕大哭，無法進食，很久很久都沒有辦法從失去祖母的悲痛中走出來。

當年康熙登基的時候，由於年幼，除了太皇太后親自輔佐，還安排了四個輔政大臣是相當必要的，然而輔政大臣之一的鰲拜，野心勃勃，又很擅長玩弄權術，很快就把大權統統都攬在自己身上，根本就不把小皇帝放在眼裡，甚至還會擅自修改小皇帝的詔書，儼然就是一個假皇帝，令小小年紀的康熙十分痛恨，很想除掉鰲拜，但他深知鰲拜黨羽眾多，鰲拜本身也擁有一身的好武藝，想要除掉他不是那麼容易，必須經過周密的計畫。

康熙在年滿十四歲親政之後，首先趕快把鰲拜封為「一等公」，讓鰲拜放鬆警惕，以為自己十分懦弱、對鰲拜心懷畏懼，然後以練武為名，從各王府挑選了一批子弟做自己的侍衛，又與極少數親信仔細擬定了抓補鰲拜的計畫，終於在兩年後除掉了鰲拜及其黨羽，拿回了大權。對於一個十幾歲的少年天子來說，在「智除鰲拜」這個事件中，康熙充分展現了沉穩、果敢和智慧，這都是一個君主應該具備的優秀特質。

除掉了心腹大患之後，康熙就開始認認真真地當起皇帝來了。綜觀康熙在位期間，確實是做了很多很多的事，文治武功都頗有建樹。在武功方面，特別重要的有以下幾項：

平定三藩之亂

所謂「三藩」，是明朝的三個降清將領，在清兵入關之後，竭力幫著清朝鎮壓反清勢力，後來被封為藩王，分別是平西王吳三桂，負責鎮守雲南；平南王尚可喜，鎮守廣東；靖南王耿繼茂，鎮守福建。不過，在「三藩之亂」中作亂的是吳三桂、尚之信和耿精忠。

西元1673年，康熙為了加強統一，下令撤藩。吳三桂首先舉兵叛亂，自稱周王，尚之信和耿精忠也立刻舉兵響應，三藩聲勢浩大地舉起反清的大旗，深受漢人的支持，短短數月之間，江南半壁江山就都淪為三藩之手，連西北王輔臣、蒙古察哈爾王布爾尼見有機可乘，也起兵響應，這麼一來，造成南北呼應的局面，使清王朝受到嚴重的威脅，康熙非常鎮定地親自坐鎮指揮，歷經八年，終於平定了「三藩之亂」。

此舉等於是再造了大清王朝，後世史家都認為，康熙取得這場勝利的不易甚至要超過當初順治時期的入關，從此也澈底收服了人心，使清王朝的統治更為穩固。

兩次雅克薩之戰

打敗了俄國侵略者，中俄雙方簽訂了《尼布楚條約》，從法律上肯定了黑龍江和烏蘇里江流域的遼闊土地都是中國的領土。

平定葛爾丹的叛亂

為了平定西北地區葛爾丹的叛亂，康熙三次親征，既挫敗了沙俄東進的陰謀，也穩固了對內外蒙古的統治，而且為繼任者雍正和乾隆經營新疆打下了堅實的基礎。

從西元1674—1697年（康熙十三年至三十六年）的二十三年之中，也就是康熙從二十歲至四十三歲這段期間，康熙顯赫的武功不僅穩固了大清王朝的統治，也奠定了中國今日的版圖。

此外，康熙熱愛科學，努力向南懷仁等傳教士學習西方科學，並以皇帝的權威在全國推行種痘法，這是治療天花極為有效的辦法，挽救了很多人的生命；他還發現、培育和推廣過雙季稻御稻種；他於西元1669年下令停止清初所實行的圈地政策，宣稱滿漢軍民一律平等對待；他開展了一項史無前例的偉大工程，下令採用比較先進的大地測量術和經緯度繪圖的方法來繪製全國地圖，這就是《皇輿全覽圖》，除了新疆少部分地區之外，對全國大多數省區都進行了測繪。這是中國歷史上第一部完全實測、比較精確的地圖集，也是世界地理測量史上的偉大成果之一。

但是，康熙對於鉗制老百姓思想相當可怖，甚至有史家將他在這方面與秦始皇並列。從康熙在位開始，歷經雍正和乾隆三朝，見諸文字記載的文字獄就有七、八十起，迫使許多知識分子脫離現實，不敢過問或關心時事，這對於文化乃至社會的進步無疑都是非常有害的。

十全老人

清高宗弘曆，乾隆皇帝

（西元1711－1799年）

「乾隆」也是清高宗唯一所使用過的年號。康熙、雍正、乾隆三朝，前後一共一百三十幾年，最突出的成就就是奠定了中國遼闊的版圖，以及多民族的統一國家，這個局面是在乾隆時期最終穩定下來的。乾隆時期的疆域，東北至外興安嶺、烏第河和庫頁島，北達恰克圖，西北到巴爾克什湖和蔥嶺，南及南沙群島、西沙群島，東括臺灣以及附近島嶼。

由於國家強盛，社會安定且富庶，人口自然也就不斷增加。乾隆六年，全國人口就達到1.4億，已超過了歷史的最高峰值；到了乾隆六十年，全國人口則達到了2.97億。此外，乾隆時期無論是國家財政或國庫儲備都達到了歷史上的鼎盛時期。

乾隆是雍正皇帝的第四子，從小就很聰明，六歲的時候就能背誦宋朝周敦頤的《愛蓮說》，深受祖父康熙皇帝的疼愛，十一歲那年就被祖父帶走，康熙特意命自己的妃子來照顧他。乾隆從小在祖父身邊成長，深受康熙勤政愛民的影響，也很羡慕祖父能取得那麼了不起的豐功偉蹟，可以說自幼就立下也想建立一番偉業的雄心壯志。

西元1735年，雍正皇帝病逝，二十四歲的乾隆即位。他實際在位六十年，原本還可以繼續做下去，但乾隆表示不敢超過祖父在位的時間（康熙在位六十一年），便在西元1795年將皇位內禪給太子顒琰，這就是嘉慶，然後做了四年的太上皇，直到西元1799年以八十八歲高齡無疾而終。在做太上皇期間，乾隆還是實際執掌朝政大權，嘉慶皇帝只不過是一個傀儡皇帝。

乾隆曾自稱「文治武功第一人」，事實上，乾隆時期的政治、經濟、軍事和文化等各方面確實都達到了中國封建歷史上的最高峰。

首先，在文治方面，乾隆非常注意網羅人才，在乾隆元年就舉行博學鴻詞科，南巡的時候也經常詔試士子，使得很多有才華的讀書人都能以文才出頭。他親自批准建四庫全書館，支持由清代第一才子紀昀也就是紀曉嵐所主持、一共有五百多人參與的《四庫全書》的編撰工作，後來歷時十年終於完成，共收圖書三千五百零三種，七萬九千三百三十七卷，基本涵蓋了中國歷代的重要著作，分為經、史、子、集四部，所收錄的書籍遠遠超過歷史上任何一部官修的大型類書，為中國古代思想文化遺產規模最大的一套叢書，使得許多有價值的古代書籍得以保存和流傳下來。

在武功方面，乾隆也號稱是極盛，在位期間先後有葛爾丹之役、回疆之役、大小金川之役、兩次廓爾克之役、緬甸之役、安南之役等等，這些戰役，不論是對內還是對外，都以清軍全面勝利而告終，乾隆為此非常志得意滿，經常誇耀自己的「十全武功」，到了晚年還自號「十全老人」。

但是，乾隆在統治後期逐漸奢靡，特別是對於頭號貪汙犯和珅寵信有加，不管和珅怎麼樣的弄權貪汙，乾隆不是不知道，但就是毫不加以懲治，實在是令人不解。對此民間流傳的一段稗官野史給出了「解釋」。

乾隆的風流在中國歷代皇帝中是非常出名的。傳說當年當他還在做太子的

和珅

時候，曾經對父親雍正皇帝的一個妃子做過一次非常沒有分寸的事，當時那個妃子正在梳頭，乾隆惡作劇突然從那妃子身後「偷襲」她，用雙手遮住她的眼睛，結果妃子在驚慌之中反手就舉起梳子打破了乾隆的頭，第二天，乾隆去看望母親，也就是雍正皇帝的皇后，皇后看兒子頭上的傷，問是怎麼回事，乾隆支支吾吾只透露是被那個妃子打的，卻不敢老實交代前因後果，結果皇后聽了大怒，立刻就將這個妃子賜死。稍後乾隆得知這個倒楣的妃子死了，非常悲痛，就用手弄了一些朱砂在她的脖子上按了一個印，並且說：「是我害了你啊，如果你有靈，請你在二十年後再來與我相聚吧。」

二十多年以後，當乾隆從一大堆當差侍衛中偶然看到和珅（西元1750—1799年），怎麼看怎麼覺得眼熟，仔細想想才恍然發覺原來和珅的容貌酷似一個人，就是多年前那個因自己的魯莽失禮而枉死的妃子，於是便把和珅召來，左看右看，愈看愈像，等到乾隆發現和珅的脖子上也有一個如同手指印痕的紅痣，便一心認定眼前這個年輕人就是當年那個妃子的轉世，從此就對和珅寵愛有加，和珅也就這樣非常戲劇化的從一個小侍衛以一種不可思議的速度扶搖直上，成為清朝中期首屈一指的權臣，同時也是一個精明的商人，完全不避嫌的親自經營工商業，開設了七十多家當鋪、三百多家「銀號」（相當於現代的銀行），而且與英國東印度公司、廣東十三行等等都有商業往來。

當時從皇宮到民間，大家對於和珅的貪汙弄權莫不咬牙切齒，可又沒人敢得罪他。一直到乾隆一死，和珅的末日終於到了；繼位的嘉慶皇帝在登基之後所做的第一件事，就是立刻將和珅抄家。和珅被抄的家產達到八億多兩白銀，超過了清政府十五年財政收入的總和，金額之高，令人咋舌，朝野上下包括嘉慶皇帝自己都非常震驚，所以當時還流行過這麼一句話，叫做「和珅跌倒，嘉慶吃飽」。

就在乾隆死後半個月，嘉慶皇帝賜和珅自盡。和珅死時四十九歲。

總之，乾隆在之前康熙和雍正兩朝的基礎上，在統治前期也還算是相當奮發有為，使清朝的國力達到鼎盛，可是之後便由極盛而衰，到了乾隆末年，在「康乾盛世」的漂亮外衣下，其實已經暗藏許多社會危機，包括吏治日趨腐敗、土地兼併問題嚴重、社會矛盾愈來愈尖銳等等。清朝一共兩百七十六年，乾隆時期是由盛而衰的重要轉折點。

悲劇皇帝

清德宗光緒

（西元1871—1908年）

要講光緒皇帝，就一定得先講一下慈禧太后（西元1835—1908年）。慈禧，姓葉赫那拉氏，自西元1861年二十六歲開始垂簾聽政至七十三歲病死為止，實際掌權長達四十七年，是中國近代史的關鍵人物，被世人稱之為「晚清無冕女皇」。

從宋朝以後，「冕」這個字就用來專指皇帝的禮帽，所以，「無冕女皇」的意思就是說，慈禧雖然沒有戴著帝王的禮帽，然而她就是一個不折不扣的女皇。

如果這是一個像武則天那樣有才幹的女皇到也罷了，偏偏慈禧只是一個充滿了權力欲卻絲毫不懂治國之道的女人，她甚至也不像西漢的呂太后那樣，靠著重用外戚來滿足自己的權力欲，慈禧重用的是像安德海、李蓮英等宦官，這麼一來，晚清政治之昏暗腐敗就在所難免了。

同治皇帝載淳是慈禧唯一的兒子。為了為所欲為，慈禧連自己的親生骨肉也不關心。西元1861年咸豐皇帝病故、載淳即位的時候年僅五歲，兩宮太后遂一起垂簾聽政。慈禧是西宮娘娘（貴妃），所以被稱為「西太后」，而另一位慈安太后則是咸豐皇帝的正宮皇后，沒有子嗣，世人稱之為「東太后」。

同治皇帝親政兩年後就病死了，年僅十九歲。他在位十四年，可以說毫無作為，完全是慈禧的傀儡。病重之際曾經留下遺詔，交代要「立長君，廢垂簾」，意思就是說要挑選一個年紀大一點的繼位者，因為他實在是深受所謂垂簾聽政之害啊，可惜這份遺詔後來被震怒的慈禧撕得粉碎。事實上，慈禧從同治皇帝身上已經嘗到了立小皇帝的好處，知道唯有繼續再立一個小皇帝，她才可以冠冕堂皇的再次以垂簾之名行掌權之實。因此，同樣是「載」字輩的光緒皇帝載湉就這樣被慈禧給選中了，他本是慈禧妹妹的兒子，這個時候才四歲，可是就得離開自己的親生父母，進入宮中，被迫認慈禧為唯一的母親。

在宮中的日子，光緒皇帝幾乎沒有什麼人身自由，只有把全部的心思都投入到讀書中。他有一個好老師，就是翁同龢，翁同龢當年也做過同治皇帝的老師，他對光緒這個小皇帝十分愛護，對光緒的影響也很大，不僅建議光緒應該

向西方學習，後來還向光緒推薦了康有為（西元1858—1927年）等維新派的思想。

西元1883年中法戰爭爆發，光緒只有十二歲，還是一個孩子，在群臣討論國事的時候已經急著大聲贊成張之洞等人的抗戰

主張。隨著光緒慢慢長大，他的知識以及責任感都讓他想要參政的意識愈來愈強，但是直到十九歲終於親政了，他仍然只是一個招牌皇帝，所有大權仍然全部都是掌握在慈禧的手裡，這無疑令光緒十分苦悶。不過，儘管如此，光緒對於國事還是非常關心。

中日甲午戰爭爆發前夕，親政不久的光緒心急如焚，慈禧卻只關心自己的六十大壽不知道籌辦得怎麼樣，甚至還把軍餉挪用到自己大壽典禮的籌備款中，而光緒是主戰派，堅決表示應該對日抗戰，並一再催促李鴻章加緊備戰。光緒為了積極籌措軍餉，力勸慈禧停止營建頤和園，慈禧只好才心不甘、情不願地答應簡化慶典的準備活動。

（頤和園首建於西元1750年、正是康乾盛世的時候，在西元1860年第二次鴉片戰爭的時候被英法聯軍燒毀，慈禧重修是想作為自己晚年頤養之地。）

不久，西元1894年，中日甲午戰爭爆發，戰局馬上就呈現出一面倒的局面，日軍不但很快就侵占了撫順，並且進行殘酷的屠城，將全城殺得只剩下不到四十人，又在威海衛海戰中將北洋水師全數殲滅，消息傳來，慈禧以及一大堆大臣都大吃一驚，慈禧在飽受驚嚇之餘，立刻下令趕緊去議和，後來，光緒雖然極度不願，還不惜跟慈禧據理力爭，但最終還是無奈地在喪權辱國的《馬關條約》上簽了字。

甲午戰爭的慘敗以及《馬關條約》的簽訂，使得民族危機比以往任何時候都還要來得嚴重，社會上逐漸醞釀出一股氣候，要求朝廷盡快拿出辦法，不要再使國家一直繼續頻受西方列強的欺負，後來並進一步發展成一場要求變法維新的政治運動。

而光緒在了解了日本的明治維新，以及在翁同龢、康有為等人的勸導之下，終於在西元1898年衝破重重阻力，宣布要變法維新。由於這一年是戊戌年，所以史稱「戊戌變法」。

光緒隨即發布了上百道變法詔令，包括提倡西學、裁減冗員、改用西法精練軍隊、設廠製造軍火等等。但是，當時的中國社會，無論是王公大臣或是地方上的升斗小民，封建思想仍然根深柢固，再加上就像歷來所有的變法都會引起那些既得利益者強烈的抵制一樣，隨著變法運動的高漲，以慈禧為首的守舊派也就益發不滿。結果，譚嗣同（西元1865—1898年）等「戊戌六君子」被殺，維新期間所推行的新政除了京師大學堂等少數幾項措施之外，其他全部被廢除，慈禧第三次垂簾聽政，史稱「戊戌政變」，變法僅僅歷時一百零三天就宣告失敗，所以後來就被稱為「百日維新」。

光緒也頓時就成了階下囚，被軟禁在四面環水的瀛台，從此意志消沉，鬱

鬱寡歡，十年後抱憾而死，年僅三十七歲。很多人都相信光緒是被慈禧給毒死的。

末代皇帝 清宣統溥儀

（西元1906—1967年）

西元1964年，五十八歲的愛新覺羅・溥儀出版了一本回憶錄，叫做《我的前半生》。二十多年以後，由義大利著名導演貝托魯奇所執導的《末代皇帝（The Last Emperor）》上映，大為轟動，翌年並奪得第六十屆奧斯卡金像獎最佳影片、最佳導演、最佳改編劇本等九個獎項，除了影片本身製作精良，充滿

傳奇的情節自然也是功不可沒。

溥儀的一生，確實太過傳奇了。在中國歷代皇帝中，從平民成為皇帝的只有劉邦和朱元璋兩位，可是從皇帝變成平民的就只有溥儀一個；溥儀不僅是大清王朝最後一個皇帝，也是中國兩千多年封建制度最後一個皇帝。

和光緒一樣，溥儀也是被慈禧太后挑中的。西元1908年冬天，眼看光緒皇帝病重，慈禧就打算再立一個小皇帝，這樣就可以第三次垂簾聽政，於是便下令把年僅三歲的溥儀接到宮中，做皇位繼承人。消息傳到溥儀家，疼愛他的老祖母一聽就昏倒了，而年幼的溥儀也是又哭又鬧，堅決不肯讓太監抱，後來不得已，辦事的人只好讓他的奶媽一起進宮。

沒多久，光緒就病死了，第二天，慈禧太后也死了，臨終前她把隆裕皇后（光緒的正室）和溥儀的親生父親載灃召來，命他們負責輔佐小皇帝，並讓載澧做了攝政王。安排好這些事情之後，慈禧便嚥氣了，終於走完她弄權荒唐的一生。

三歲的溥儀，就這樣在懵懂無知中由父親抱著登上了龍椅，是為宣統帝。登基大典的程序非常冗長，儀式非常繁複，溥儀畢竟年紀還小，沒見過這麼大的陣仗，當文武百官紛紛跪在他面前高呼「萬歲」的時候，他只想逃離，便扯扯父親，要求去上廁所，攝政王載澧就一直安撫兒子「就快完了，就快完了」，要兒子忍耐一下，結果，一語成讖，三年後辛亥革命爆發，清朝果然就完了，溥儀只得退位。中國長達兩千多年的封建王朝終於畫下了句點。

不過，在退位之後，溥儀還是生活在紫禁城裡，過著養尊處優的生活，很多人包括各地軍閥、民國初年的歷任總統、即使是有留洋經歷的所謂新潮人物，無論是在私函或是在公文中都仍然稱他為「大清皇帝陛下」，無數老百姓更是畢恭畢敬的尊稱溥儀為皇上。

溥儀不愛念書，隨著英國老師莊士敦（Reginald Fleming Johnston，西元1874—1938年）的到來，還是一個兒童的溥儀對於西方尤其是對於那些新生事物的好奇心，遠遠超過了其他。過了幾年，西元1917年，在溥儀十一歲那年，儘管「辮帥」張勳（為了表示效忠清室，禁止士兵剪掉辮子）曾經讓溥儀短暫的復辟過十二天（所謂「復辟」是指被趕下臺的君主復位），可是在那十二天裡，溥儀也是不肯吃「御膳」而要吃西餐，不肯穿「龍袍」而要穿西服，不肯坐大轎而偏愛騎自行車……這個時候的溥儀對於「再次做皇帝」根本沒有什麼興趣。

復辟鬧劇很快就結束了。不過，很多皇親遺老都覺得這個年方十六的小

「皇帝」玩心太重，便在西元1922年年底為他舉行大婚，一口氣就給他娶了一個皇后和一個妃子，希望以此來約束他。

大婚那天，面對民國總統黎元洪為他出動的大批保駕軍警，以及以民國政府的名義送上的豐厚賀禮，溥儀又突然體會到「做皇帝」的好處，又想要「恢復祖業」了。新婚之夜，他把皇后和妃子扔在房裡不管，自己一個人跑到養心殿去苦苦思索以後該如何「親政」。

（養心殿始建於明代嘉靖年間，位於內廷乾清宮西側，清代有八位皇帝先後都住在養心殿。）

然而，還沒等到他親政，西元1924年就發生了第二次直奉戰爭，西北軍閥馮玉祥（西元1882—1948年）發動「北京政變」，將十八歲的溥儀以及他的小朝廷趕出了紫禁城。

溥儀非常悲憤，在日本使館的保護下，放下了「皇帝」之尊，頻頻與那些手握兵權的大小軍閥見面，還花費大量金錢去籠絡他們，企圖通過這些軍閥再度發動兵變，把自己重新扶上龍椅。經過一段時日，溥儀失望的發現這些軍閥沒有一個是真心願意幫助他、或者有能力幫助他，於是，他自然而然又把希望漸漸轉移到一直在「保護」他、也表示過準備隨時支持他重登帝位的日本人身上。

西元1931年九月十八日，日本人製造了「九一八事變」，侵占了中國東北，為了加強對東北的控制，日本人決定將溥儀迎回他的老家，去做「滿洲國」的皇帝。對於這個邀請，二十五歲的溥儀喜出望外，便在日本人的保護之下前往東北。後來先做了一年左右偽「滿洲國」的執政，終於在西元1934年三月一日第三次登基，就任「滿洲國皇帝」，年號康德。至此溥儀終於「親政」了，終於滿足了自己想做皇帝的美夢。

可是這種賣國行為自然是受到社會嚴厲的指責，而且終究是幻夢一場。西元1945年，隨著日本的戰敗投降，偽「滿洲國」也宣告覆滅，溥儀被進入東北的前蘇聯軍隊俘虜。這年溥儀三十九歲。

五年以後，西元1950年，溥儀回到中國，被送到撫順戰犯管理所進行改造。四十四歲的溥儀，此時私下仍然由身邊的人在悉心照料一切生活瑣事，不僅不會擠牙膏、洗衣服、打掃房間，就連自己的腳都不會洗、向來都是別人幫他洗。戰犯管理所遂把他身旁的人一一調離，讓他和其他戰犯住在一起。這樣經過幾年的改造，西元1959年，五十三歲的溥儀被特赦釋放的時候已經和普通人沒什麼兩樣，生活已經可以全部自理了。

西元1967年，中國封建王朝最後一個皇帝溥儀去世，享年六十一歲。

中國歷史年代表

朝代	起止年	本書介紹的帝王
傳說時代（三皇五帝）		
夏朝	約西元前2070–前1600年	
商朝	約西元前1600–前1046年	
周朝	西周 西元前1046–前771年 東周 西元前770–前256年	
春秋	西元前770–前476年	
戰國	西元前475–前221年	
秦朝	西元前221–前207年	秦始皇
西漢	西元前202–西元8年	漢高祖劉邦、漢武帝劉徹
新朝	西元8–23年	新帝王莽
東漢	西元25–220年	東漢光武帝劉秀

三國	魏 西元213-266年	三國・魏文帝曹丕
	蜀 西元221-263年	三國・蜀昭烈帝劉備
	吳 西元222-280年	三國・吳大帝孫權
西晉	西元266-316年	晉武帝司馬炎
東晉	西元317-420年	
十六國	西元304-439年	前秦宣昭帝苻堅
南北朝	西元420-589年	北魏孝文帝元宏
隋朝	西元581-618年	隋文帝楊堅、隋煬帝楊廣
唐朝	西元618-907年	唐太宗李世民、武則天、唐玄宗李隆基
五代十國	西元907-979年	南唐後主李煜
宋朝	北宋 西元960-1127年	北宋太祖趙匡胤
	南宋 西元1127-1279年	南宋高宗趙構
遼朝	西元907-1125年	遼（契丹）太祖耶律阿保機
西夏	西元1038-1227年	西夏景宗李元昊
金朝	西元1115-1234年	金太祖完顏阿骨打
元朝	西元1271-1368年	元太祖鐵木真、元世祖忽必烈
明朝	西元1368-1644年	明太祖朱元璋、明成祖朱棣
清朝	西元1636-1911年	清聖祖玄燁，康熙皇帝、清高宗弘曆，乾隆皇帝、清德宗光緒、清宣統溥儀

問題＋答案＝想引領讀者看見的訊息

企劃◎陳欣希（臺灣讀寫教學研究學會創會理事長）
撰文◎邱孟月（陳欣希教授研發團隊）

透過提問，我們想引領大家看見「全書編排的邏輯」、「單一篇章的重點」、「相似篇章的異同」、「書與自己的關聯」。

提問範圍，除了「自序」、「目錄」，我們從30篇中挑選5組，如下：

1〈千秋基業——秦始皇〉vs.〈少年天子——漢武帝劉徹〉

2〈布衣天子——漢高祖劉邦〉vs.〈和尚皇帝——明太祖朱元璋〉

6〈草鞋天子——三國・蜀昭烈帝劉備〉vs.〈發展江南——三國・吳大帝孫權〉

4〈貞觀長歌——唐太宗李世民〉vs.〈承先啟後——北宋太祖趙匡胤〉

5〈全才皇帝——清聖祖玄燁，康熙皇帝〉vs.〈十全老人——清高宗弘曆，乾隆皇帝〉

提問模式，主要原則有三：

1 每組文本會先「各篇提問」再「跨篇統整」；

2 各篇提問一定會讓讀者留意到「篇名」及「首段」「末段」；

3 跨篇統整會有「內容重點」和「書寫特色」的比較異同。

適用方式：

可以是「親子共讀」、「同儕共讀」，也可以是「自我引導」。回答問題，記得還要找出證據，證據通常不只一個！還有還有，若有特別喜愛的問題，記得在問題前畫個*號！

好問題，有助於讀者理解文本！希望透過這些提問，讓大家讀懂這本書而且喜歡上閱讀思考！

自序&目錄

1. 本書挑選了三十位帝王的故事，挑選的依據有哪些呢？請在（ ）中打✓。

（ ）(1) 開國皇帝

（ ）(2) 亡國之君

（ ）(3) 賢明君主

（ ）(4) 昏庸暴君

（ ）(5) 處於關鍵時刻的君王

（ ）(6) 位於戰亂時局的皇帝

參考答案：(1) (2) (3) (5)

2. （ ）作者建議我們要如何閱讀這本書？

(1) 隨意從標題中挑選有興趣的篇章閱讀，以增加閱讀的趣味。

(2) 按照順序從第一篇開始逐次閱讀，以培養清楚的時間概念。

(3) 挑選出相似標題的篇章一起閱讀，方便比對帝王們的差異。

(4) 找出已經認識的帝王先閱讀，比對文本的內容與創作特色。

參考答案：(2)

3. 作者都使用四字語詞來形容所要介紹的皇帝，請試著從這些標題中找出兩類並各舉兩個例子說明。

▼以君王的「治國政策」定標題，例如：以柔治國、發展江南。

1 ＿＿＿＿＿＿，例如：＿＿＿＿＿＿

2 ＿＿＿＿＿＿，例如：＿＿＿＿＿＿

參考答案：

(1)出身，例如：布衣天子、草鞋天子、和尚皇帝。
(2)才華，例如：文人皇帝、千古詞帝、全才皇帝。
(3)治國政策，例如：千秋基業、以柔治國、發展江南、勵精圖治、貞觀長歌……
(4)歷史定位，例如：千古暴君、逃跑皇帝、風流天子、悲劇皇帝。

第1組

千秋基業——秦始皇（西元前259年—前210年）

1. （西元前259年—前210年），括號中的年份代表的是什麼意思？

參考答案：代表秦始皇出生於西元前259年，卒於西元前210年。

2. 秦始皇有哪些作為對後代影響重大，請將正確的敘述打✓。

（　）(1) 統一文字、貨幣與度量衡。
（　）(2) 建立第一個中央集權封建國家。
（　）(3) 將所有的土地收歸國有，統一分配。
（　）(4) 修繕公共建築，讓環境既安全又美觀。
（　）(5) 創造出「皇帝」、「制」、「詔」這些語詞。

參考答案：(1)(2)(5)

3. （　）秦國滅亡的原因是什麼？

(1) 秦始皇去世，因此秦王朝跟著滅亡。
(2) 宦官與外戚們把持朝政，政治敗壞。
(3) 暴政措施，讓人民苦不堪言而起義。
(4) 叛將聯合匈奴，奪取皇位建立新朝。

參考答案：(3)

少年天子——漢武帝劉徹（西元前156—前87年）

4. 哪些原因造就了劉徹成為一個雄才大略的「少年天子」？

參考答案：

(1) 機運：讓他在6歲即被立為天子。

(2) 天賦：從小就展現出聰明伶俐。

(3) 養成：父親精心培育，規劃學習。

(4) 努力：下苦功學習，涉獵廣泛。

5. 漢武帝對後世的重大影響有哪些？請將正確的敘述打✓。

（ ）(1) 使儒家學說成為主流　（ ）(2) 奠定中國的版圖範圍

（ ）(3) 編撰民間之詩詞典籍　（ ）(4) 開創探勘與經商之路

參考答案：(1)(2)

6.（ ）漢武帝晚年的作為與秦始皇類似，不過並沒有導致漢朝滅亡，主要的原因是什麼？

(1) 及時醒悟，調整政策。(2) 賢士勸諫，接受意見。

(3) 國力鼎盛，無所撼動。(4) 崇尚道教，修養民心。

參考答案：(1)

跨文本比較

7.(　)秦始皇與漢武帝皆能在22歲時順利親政，原因是什麼？
(1) 知人善任的作為　(2) 內斂隱忍的個性　(3) 貴人相助的機運　(4) 純正優良的血統

參考答案：(2)

8.(　)秦始皇與漢武帝親政後的首要作為是什麼？
(1) 皆著手消滅太后與相國之強大勢力。
(2) 皆發動統一戰爭，擴展國家之領土。
(3) 解決朝中內患問題；再次獨尊儒術。
(4) 發動戰爭統一六國；改革國家制度。

參考答案：(3)

9.兩位帝王的文治與武功皆顯赫驚人，請分別寫出兩項。

成就／帝王	文治	武功
秦始皇		
漢武帝		

參考答案：

帝王＼成就	文治	武功
秦始皇	1 地方官由中央任免。 2 土地私有。 3 統一文字、貨幣與度量衡。 4 修築「馳道」(國道)。	1 重金拆散六國。 2 發動戰爭：防禦匈奴、南戍五嶺、輔定百越。
漢武帝	1 獨尊儒術。 2 大興水利、加固黃河堤、造人工堤。 3 農業發展，移民西北屯田。 4 推廣文化教育：定音律、置樂府採集民間詩歌。	1 開啟漢勝匈奴之新格局。 2 伐大宛，勢力達西域蔥嶺之巔。 3 命唐蒙等人開發西南夷、併兩越，國土至南海。

10. 這兩篇文本中都介紹到了成語典故，分別是圖窮匕見、金屋藏嬌。這樣的安排對於讀者有何影響？

參考答案：增加閱讀樂趣；解釋成語原始的意涵。

第2組

布衣天子——漢高祖劉邦（西元前256年—前195年）

1.（　）從標題可知漢高祖劉邦最為人稱奇的是什麼？

(1) 文治　(2) 武功　(3) 出身　(4) 才華

參考答案：(3)

2. 楚漢相爭四年，劉邦最後擊敗項羽成功取得天下。請完成下表分析他成功之道。

因素＼人物	劉邦	項羽
個性特質		暴躁易怒
作為表現		殘暴屠殺
忠臣將士		范增

參考答案：

因素＼人物	劉邦	項羽
個性特質	寬大仁厚	暴躁易怒
作為表現	知人善任	殘暴屠殺
忠臣將士	張良、蕭何、韓信	范增

3. 本篇文本將劉邦定位為「明君」，不過對於他建立漢朝之後的作為，描述卻不多，反而以大量篇幅敘述「楚漢相爭」之過程，原因為何？

參考答案：從標題「布衣天子」可知其重點在於強調劉邦，如何從平民取得天下的經過。

和尚皇帝——明太祖朱元璋（西元1328—1398年）

4. （　）朱元璋為何會去皇覺寺當和尚？
(1) 體驗佛教生活　(2) 學習高強武功
(3) 躲避敵人追殺　(4) 窮苦生活所迫

參考答案：(4)

5. 朱元璋為何能獲得郭子興的賞識？

參考答案：打仗勇敢、識字。

6. 明太祖朱元璋推行哪些制度讓自己成為歷史上權力最大的皇帝？請在（　）中打✓。

（　）(1) 設置「錦衣衛」

（　）(2) 指派地方縣令

（　）(3) 廢除宰相制度

（　）(4) 廢除武將兵權

參考答案：(1)(3)

跨文本比較

7.（　）劉邦與朱元璋為何有機會能帶領部隊奪得天下呢？

(1) 擁有貴人相助的機運　(2) 身處戰亂動盪的局勢
(3) 接納謀士的睿智建議　(4) 仰賴地方的長期經營

參考答案：(2)

8. 請比較兩位帝王從平民百姓崛起到帶領部隊奪得天下的歷程有何異同。

帝王＼異同	相異	相同
漢高祖劉邦		因造反才有機會從平民翻身為帝王
明太祖朱元璋		

參考答案：

異同 帝王	相異	相同
漢高祖劉邦	1 迫於無奈而造反。 2 人民自願跟隨之。 3 鴻門宴全身而退，局勢變得對自己有利。	因造反才有機會從平民翻身為帝王
明太祖朱元璋	1 主動加入郭子興的義軍。 2 因成為郭子興女婿，地位才水漲船高。 3 接收郭子興的部隊打天下。	

9. 兩篇文章中皆明確提到他們成功的原因，〈布衣天子〉是透過劉邦自己說的話呈現；〈和尚皇帝〉則條列出三點原因。哪一篇的呈現方式你比較喜歡呢？請說明原因。

參考答案：

〈布衣天子〉，因為是劉邦自己說的，更能說服人。

〈和尚皇帝〉，作者幫我們條列出來，一目了然，重點清楚。

第3組

草鞋天子——三國‧蜀昭烈帝劉備(西元160年—223年)

1. 首段即點出劉備能成功，憑藉的是自己「特殊的本事」。請問他有哪些特殊的本事呢？請在( )中打✓

( )(1)善於掌握好時機　( )(2)深謀遠慮的布局

( )(3)戰略運用有奇招　( )(4)寬厚待人得民心

( )(5)義氣誠意得良將　( )(6)有三寸不爛之舌

參考答案：(1)(4)(5)

2. 劉備從「白手起家」到能與曹操、孫權「三分天下」的過程可說是波折啊！請用數字1．2．3．4將以下事件排序。

( )(1)奉命去救援陶謙，任豫州刺史。

( )(2)鎮壓黃巾賊有功，任安喜縣尉。

( )(3)受袁術、呂布夾擊，投奔曹操。

( )(4)得罪權貴，轉投奔好友公孫瓚。

參考答案：3142

3. ( )承上題，劉備雖有特殊之本事，卻總是需要一再投靠別人的原因是什麼？

(1)缺少驍勇善戰之良將。　(2)沒有善於謀略的軍師。

(3)缺乏足夠的兵馬糧草。　(4)不是皇室純正的血統。

參考答案：(2)

發展江南——三國・吳大帝孫權(西元181—252年)

4. 孫權年紀輕輕就能在江東建立割據的政權，得力於以下哪些原因？請在(　)中打✓。

(　)(1) 父兄留下之基業　(　)(2) 優秀人才的輔助

(　)(3) 驍勇善戰的能力　(　)(4) 掌握天時與地利

(　)(5) 聯合劉備之勢力

參考答案：(1)(2)

5. 閱讀完此篇文本內容後，請評估所訂之標題「發展江南」適切嗎？並請說明原因。

參考答案：

適切；因為文中提及今天的江南會成為中國的經濟中心，就是當時孫權用心經營所打下的基礎。

不適切；因為文中描述發展江南的篇幅只有一段，反而是用大量的篇幅在描述孫權如何下定決心抵抗曹軍與赤壁之戰的戰略運用。

跨文本比較

6.（　）哪一個事件形成三分天下的局面？

(1) 官渡之戰　(2) 赤壁之戰

(3) 渭水之戰　(4) 徐州之戰

參考答案：(2)

7. 劉備與孫權能成功擁據一方，其中的重要因素是有善於謀略、精準分析的奇才輔佐，請寫出相對應的人名。

劉備：＿＿＿＿＿＿

孫權：＿＿＿＿＿＿

參考答案：劉備：諸葛亮　孫權：周瑜

8.（　）從文本中的描述可以歸納出，劉備與孫權都擁有什麼樣的個性特質？

(1) 舉賢任能

(2) 義氣至上

(3) 果決勇敢

(4) 寬厚待人

參考答案：(1)

9. 這兩篇文章都提到了同一場重要的戰役，不過敘述的篇幅卻有著很大的差異。請試著分析可能的原因？

參考答案：

1 〈草鞋天子〉中，只用一句話來說明赤壁之戰的重要性，因為從標題可以推論劉備的崛起歷程才是文本的重點。

2 〈發展江南〉中，用了許多的篇幅來描述赤壁之戰，一方面呈現這場戰役的精采重要；另一方面證明了諸葛亮與周瑜的精準分析；還有補充前一篇章〈草鞋天子〉中略述的部分。

3 兩個篇章描述的時代背景相同、人物相關，因此只要擇一篇作詳細的描述即可。

第4組

貞觀長歌——唐太宗李世民（西元599年—649年）

1.（　）造成「玄武門之變」的主要原因是什麼？

(1) 李世民野心勃勃，想要奪取太子之位而登基稱帝。
(2) 李世民功績顯赫，讓太子感受到威脅而有所行動。
(3) 李淵想要測試兒子們的能力，用以決定繼位人選。
(4) 李淵想改立李世民為太子，引起兄長不滿引殺機。

參考答案：(2)

2.（　）李世民在即位之初，如何成功穩定局勢？

(1) 更加強中央集權　(2) 宣布改革之決心
(3) 封賞軍功黨成員　(4) 寬大處理太子黨

參考答案：(4)

3.（　）文本中的第五段提到「玄武門之變」，直到第九段才又詳細說明經過。請推論第六～八段插敘描述的內容有何作用？

(1) 埋下伏筆吸引讀者往下閱讀　(2) 交錯描述時間增加閱讀趣味
(3) 加以補充說明主角人格特質　(4) 合理化主角行為表現的原因

參考答案：(3)

承先啟後——北宋太祖趙匡胤(西元927—976年)

4.( )此篇之標題為「承先啟後」，請問承「先」指的是誰呢？

(1)郭威 (2)柴榮 (3)陳橋 (4)柴宗訓

參考答案：(2)

5.趙匡胤最大的功績是什麼？

參考答案：結束戰亂，統一大半個中國。

6.請評估文本中是否有需要加入第16段，補充說明趙匡胤不喜歡用武力解決問題的描述？記得要說明原因。

參考答案：

需要，因為第16段中的三個例子不僅可以強調趙匡胤的領導管理，也佐證了第17段的「文以靖國」。

不需要，因為沒有第16段並不會影響文本的完整性與讀者的理解。

跨 文本比較

7. 兩位帝王各有穩定局勢與治國之道，請在表格中填入適當的答案。

帝王＼成就	文治	武功
李世民		
趙匡胤		

參考答案：

帝王＼成就	文治	武功
李世民	1 改革宰相制度。 2 改造了三省六部。 3 革除隋末許多弊政。	破突厥、平高昌、和吐蕃。
趙匡胤	1 削弱相權以加強中央集權。 2 進行政治、經濟與軍事等多方面改革。 3 設「封樁庫」貯存錢、帛和布匹。	用13年時間統一除了北漢之外的所有地區。

8. 李世民與趙匡胤都是文武雙全、雄才大略的帝王，但為何最後的國運如此不同？

參考答案：

1 李世民在登基前已經完成統一大業，而趙匡胤稱帝後花了13年時間才統一全國。

2 李世民虛懷納諫、任用賢才，而趙匡胤削弱相權，過分加強中央集權。

9. 這兩篇文本在「首段」的寫作手法相同，請找出相同點是什麼？

參考答案：開門見山直接點出他們的歷史定位—歷史上了不起的帝王。

第5組

全才皇帝——清聖祖玄燁，康熙皇帝（西元1654年—1722年）

1. 此篇文本將康熙皇帝定位為「全才」，請找出三個例子證明。

參考答案：

(1) 16歲就能「智除鰲拜」。

(2) 歷經8年時間親自坐鎮指揮平定三藩之亂。

(3) 在全國推行種痘法，挽救人命。

(4) 下令使用先進的測量術與繪圖法完成《皇輿全覽圖》。

(5) 發現、培育和推廣雙季稻御稻種。

2. （　）康熙能順利繼位並擁有優秀君主的特質，以下哪位人物功不可沒？

(1) 南懷仁　(2) 順治皇帝　(3) 蘇克薩哈　(4) 孝莊文太后

參考答案：(4)

3.（　）康熙的武功顯赫且有許多利於百姓的作為，但哪一項作為卻是大大阻礙了社會的進步？

(1)獨尊科學教育之推廣　(2)規定軍民皆從事耕種　(3)嚴格鉗制老百姓思想　(4)募集大量的士兵征戰

參考答案：(3)

十全老人——清高宗弘曆，乾隆皇帝(西元1711—1799年)

4.（　）此篇文本的標題很特別，稱乾隆皇帝為「十全老人」。請推論作者訂此標題的可能原因。

(1)乾隆在位長達六十年　(2)乾隆晚年為自己取的　(3)康熙全才對乾隆十全　(4)締造十全十美的盛世

參考答案：(2)

5.乾隆自稱「文治武功第一人」，在文治方面有哪些重要的貢獻呢？請在（　）中打✓。

（　）(1)用心網羅人才　（　）(2)不鼓勵百姓讀書

（　）(3)保留思想文化　（　）(4)完善考試制度

參考答案：(1)(3)

6.（　）文本中為何要引用稗官野史來解釋乾隆寵信和珅的行為呢？

(1)既然是民間流傳的故事，應該是有其可信度。　(2)不知道原因卻又想對讀者交代，所以呈現故事。

(3)能夠合理化乾隆的作為，又能增加此篇之趣味。　(4)透過這個故事佐證乾隆雖風流，但又心懷憐憫。

參考答案：(3)

跨文本比較

7. 兩位帝王在即位親政之後，皆有所作為。除了武功之外，他們各自完成哪些歷史上偉大的成就。

帝王	偉大成就
康熙	
乾隆	

參考答案：

帝王	偉大成就
康熙	下令使用先進的測量術與繪圖法完成《皇輿全覽圖》，是中國也是世界地理測量史上的偉大成果之一。
乾隆	支持紀曉嵐主持的《四庫全書》編撰工作，使中國許多有價值的古代書籍得以保存和流傳。

8.（　）康熙與乾隆這兩位優秀的帝王在晚年的作為皆有些不當之處，分別是什麼呢？

(1) 處理繼位不當；寵信權臣和珅。
(2) 鉗制人民思想；沉迷女色誘惑。
(3) 追求長生不老；深信巫蠱之術。
(4) 奢靡浪費公帑；濫用文人術士。

參考答案：(1)

9. 這兩篇文本在末段呈現的內容有何相似之處？

參考答案：點出當時的社會問題。

動動腦 想一想

1. 如果我們想要更深入了解某位帝王的故事或作為，可以運用哪些方法找到相關的資料呢？

2. 閱讀這些帝王的故事對我們有什麼幫助呢？請舉出一個在生活當中運用的例子。

3. 閱讀完這本書，請想想自己最喜歡哪位君王？是否已經具備其領導特質了呢？如果還沒有，要如何向其學習？記得寫出具體的做法喔！

國家圖書館出版品預行編目資料

皇上有令：30位帝王點點名／管家琪文；
顏銘儀圖. －初版 . --臺北市：幼獅，2019.04
面；　公分. --（故事館；58）

ISBN 978-986-449-143-8（平裝）

859.6　　108000596

故事館058

皇上有令：30位帝王點點名

作　　者＝管家琪
繪　　者＝顏銘儀
出 版 者＝幼獅文化事業股份有限公司
發 行 人＝李鍾桂
總 經 理＝王華金
總 編 輯＝林碧琪
主　　編＝林泊瑜
美術編輯＝李祥銘
總 公 司＝10045臺北市重慶南路1段66-1號3樓
電　　話＝(02)2311-2832
傳　　真＝(02)2311-5368
郵政劃撥＝00033368

印　　刷＝祥新印刷股份有限公司
定　　價＝260元
港　　幣＝87元
初　　版＝2019.04
書　　號＝984236

幼獅樂讀網
http://www.youth.com.tw
e-mail:customer@youth.com.tw
幼獅購物網
http://shopping.youth.com.tw/

行政院新聞局核准登記證局版臺業字第0143號